COLLECTION FOLIO

Joy Sorman

Boys, boys, boys

Gallimard

Joy Sorman est née en 1973. *Boys, boys, boys* est son premier livre.

Depuis il y a eu Mitterrand président, le chômage pour tous, les otages français au Liban et la mode des treillis militaires. Être née dans les années soixante-dix : les parents ont connu la guerre, ou sont nés pendant la guerre, peut-être même qu'ils étaient juifs. Les grands-parents, tailleurs et polonais, ont peut-être débarqué à Sartrouville en 1933, avec une valise de cornichons et une foi inébranlable en la France, terre d'asile. Les fils qui ont connu la guerre ont épousé des filles de bonne famille catholique de la Mayenne. Les mères juives n'ont pas apprécié, mais dans les années soixante-dix on quittait les banlieues, surtout Sartrouville. Le père d'une fille née dans les années soixante-dix a pris un appartement sous les toits avec vue sur les bouquinistes, s'est acheté des cravates en tricot, les mêmes que Jean d'Ormesson, et a fait des enfants, des Français. Désormais la guerre était loin, l'exil aussi ; les fils de tailleurs polonais sont devenus les pères d'enfants du sol, les pères de futurs bourgeois revenus de tout, de la France, de la guerre, et de la promotion républicaine.

Le père a vingt ans, c'est l'hiver en banlieue, il fait encore nuit. Il sort sa mobylette bleu ciel de la remise attenante au pavillon en meulière. Il a placé sous sa veste, à même la peau, un vieux numéro du *Monde*. Le papier journal le protège du vent froid qui, chaque matin, le prend au ventre et lui retourne l'estomac. Il quitte Sartrouville en direction de la rue Saint-Guillaume à Paris. Après cinquante-cinq minutes de route il arrive devant le portique de Sciences Po, défroisse le journal et le replie sous son bras ; il entre d'un air assuré, il sortira premier de sa promotion, mais sa mère lui préférera toujours l'aîné, celui qui a réussi dans l'hôtellerie de luxe.

La fille a trente ans, elle est née dans les années soixante-dix et se fout de ce genre de mythologies. Ce qui lui importe c'est de régler ses problèmes avec les hommes, c'est d'aimer tous ceux qui ne sont pas son père et qui ont eu la délicatesse de se débarrasser de leurs origines.

Avant d'en arriver là, aux questions et aux garçons, les deux ont dû cohabiter, le temps de l'adolescence. Avoir seize ans c'est toujours cohabiter avec son père, tracer des lignes de front, s'embusquer en attendant d'être adulte. Et puis un jour on peut s'en aller se battre ailleurs.

C'est là que l'histoire commence, une fois délivrée du père, du père sous sa forme actuelle, vivante, sous sa présence, parce que la figure elle vous regarde toujours du fond de la tombe ou du haut du panthéon. La mythologie du père elle aura servi, pour dessiner la structure, pour payer son dû à la généalogie, pour répondre un peu à la sommation de ceux qui ont lu trop de livres, « d'où parles-tu camarade ? ». Faire comme si le livre du père était écrit une bonne fois pour toutes, sauter l'étape, ne pas régler la note, laisser l'ardoise et vivre sa vie.

Vivre sa vie, ça veut dire quoi au juste ? Qu'on s'en balance ? ou au contraire qu'on prend les choses en main ? Qu'on la joue perso ? Vivre sa vie de fille ce serait plutôt prendre son sexe en main, socialement, politiquement, et physiquement, entrer dans le jeu, prendre les armes et choisir son camp. Mais son camp n'est pas toujours son sexe et c'est là que les choses se compliquent. Pour qui tu roules ? ton sexe ou le sexe des autres ? ta mère ou ton père ? ta sœur ou ton frère ? Avec qui tu décides de régler les comptes ? Vivre sa vie c'est décider de se frotter à celle des autres et il ne faut pas se tromper d'autres, sinon c'est la débâcle. Il est faux de croire que le sexe n'importe plus, que tout est question de rencontres hasardeuses, d'individualités magiques et nébuleuses. C'est bien le sexe qui décide, dans un monde où il est question du voile, de la parité, de harcèlement sexuel au bureau, de talons hauts pour cet hiver et de décolletés plongeants pour cet été, de pubs sexistes, d'injures sexistes, de ligues catholiques, de se raser ou pas, de se maquiller ou pas, de ne plus avoir ses règles par la grâce d'un implant invisible sous la peau, de se passer négligemment la main dans les cheveux pour signifier un désir naissant, et de se tenir droite en entretien, d'être une chienne de garde ou une chienne tout court. Les filles, les garçons, c'est le gros titre des journaux du matin, c'est le sujet. Pour peu qu'on soit un peu sentimental, ou politique, ou ludique.

C'est une fille née dans les années soixante-dix, qui a connu la gauche au pouvoir, la droite au pouvoir et qui entre-temps est devenue adulte ; adulte ça veut dire quoi ? ça veut dire qu'il est temps de choisir son sexe.

Bienvenue dans la modernité, petite fille, c'est quoi ta vie ?

J'ai trente ans ou à peu près, je n'habite plus chez mes parents, j'ai des problèmes physiques comme toutes les filles de mon âge, le corps qui lâche, ce genre de choses ; vous me voyez bien, rien ne me détermine, ni belle ni moche, ni féminine ni masculine, et pourtant. Pourtant la seule question qui vaille c'est *Quel est mon sexe ?* de quel côté ? avec qui ? Ce que je suis, peu importe, à quoi je ressemble, peu importe, je n'existe pas, c'est juste que j'ai choisi mon camp et que le camp est la seule chose qui compte.

On la regarde quand même, elle a l'air furieux, elle porte un jean, taille moyenne, beauté moyenne, la seule chose qui la distinguerait, peut-être, c'est cet air furieux. Tu as quelque chose à nous dire ? Être née dans les années soixante-dix et ne pas se laisser faire par les évidences : une fille de trente ans, urbaine avec un sac à main, des copines, des histoires d'amour, des séances de cinéma, quelques jours de vacances, une mère encore jeune, un magazine à lire dans le bus. Les évidences. Et si j'étais un garçon, ce serait quoi mes évidences ? Un garçon de trente ans, urbain avec un scooter, les bières, les virées, des responsabilités, une mère encore jeune, un disque de rock. Et entre les deux ? Rien. Des filles-filles, des garçons-garçons, des filles-garçons, des garçons-filles. Il va falloir choisir petite. CHOISIR SON CAMP. Présupposé : tu es une fille. Et maintenant qu'est-ce qu'on fait ? Tu pars ou tu restes ? On t'a bien mis ça dans la tête, on t'a bien mis dans la tête qu'il n'y avait que deux possibilités : fille ou garçon ; deux aires de jeu, deux territoires, un plutôt dominé, l'autre plutôt oppresseur. Pas d'autre choix, pas d'autres fictions, coincée, suivre la trace, les panneaux, creuser le sillon et aussi les pieds dans la boue.

Choisir son camp, du coup s'arracher à son territoire originel, le territoire indiqué ; puis creuser son propre trou, sa tranchée, avec ses outils.

On reprend. Cette fille-là a choisi, mais pas n'importe comment, elle est passée de l'autre côté. Au début, fille de son père, adolescente, petite fille amputée, elle choisit les filles, ses semblables, ses sœurs, de bonnes amies qui n'iront pas l'agresser en lui mettant un truc là alors qu'elle serre les fesses. On avait seize ans ou pas d'âge, c'était comme au temps des quarante-cinq tours, le temps des copines, on était bêtes. *Remember*, tu ne ressemblais à rien. Entre filles ça parlait sans fin et sans but, ça ricanait, ça débattait problèmes de peau et qu'est-ce que tu fais pour les vacances, ça se frottait un peu dans le lit, à l'aube, après des heures de déballage-remballage. Elle jouait le jeu, complice, mollement délurée, une vraie lycéenne. Les filles elle s'en est servie comme de poubelles, poubelles à puberté, à névroses en tout genre, à peur des hommes — du sexe des hommes —, poubelles à famille, à mal dans son corps, à révoltes instantanées, à médisances, à kilos en trop, à bouton sur le nez, à journaux intimes. Les filles elle s'en est bien servie : pour sauter sur les lits, sans coucher, pour manger devant la télé jambes écartées, des miettes partout, pour faire les tests des magazines sous la couette, pour apprendre à sucer, à avaler, à simuler. L'adolescence qui se répand. À l'époque l'école ennuyait, on s'inventait des looks, on accrochait des posters, on faisait mauvais genre, filles mal élevées insolentes, on serait mortes pour ce blouson, une série télé ou un porte-clefs fluo : attitudes. Début de seins sous les tee-shirts. La belle vie insouciante des petites filles bruyantes.

Mais un jour, les filles, elle les a jetées. Le jour de sa première communion existentielle, le jour de la pénétration, le jour de la conscience, de classe, de soi, le jour où elle est restée à table pour boire un dernier verre, un cognac, elle s'en souvient.

Ce jour-là elle est passée du côté des hommes, en fait elle est passée du côté de l'amour. Elle devait avoir entre vingt et vingt-cinq ans, elle voulait du sérieux, non pas être adulte, ni même sérieuse, mais DU sérieux.

Sans aucun égard pour ses anciennes camarades, sans regrets, sans culpabilité, avec juste un peu d'émotion. Du jour au lendemain, elle a abandonné bavardages, rancunes, saphisme, petits secrets, coquetteries insolentes. Elle a fait ça un peu méchamment, un peu brutalement, parce que, quand même, les filles c'était la belle vie : on s'aimait bien, on riait, on était solidaires, on pouvait tout se dire, on se consolait, on se réfugiait les unes chez les autres, les unes dans les autres, quand la vie était si injuste et les parents si conservateurs, on se soutenait, on traversait la rue et la vie, on s'empêchait de sombrer, on s'échangeait des rouges à lèvres, on partait en club de vacances, on découvrait la vie, le monde, les autres, soi-même, le plaisir et la frustration. Quand même, l'apprentissage, c'est important. Elle leur devait d'être encore là avec du désir et un avenir. Finalement, sans elles, une trop grande tristesse l'aurait emporté, la tristesse des adolescentes pour qui tout est trop dur, trop injuste, trop obscur. On ne pouvait pas être plus solidaires que ces filles-là. Mais il fallait en finir, parce que c'était infantile, comme une religion, le catéchisme dont on se débarrasse à la puberté ; parce que dans son histoire ce ne fut que le moment du passage, le moment un peu en dessous, un peu honteux, un peu trop facile. Parce qu'il manquait quelque chose qui stimule. Désormais elle voulait être sollicitée. Les filles c'est confortable, on n'est jamais seule, on est entre filles, on forme une bande, on se déteste mais on ne se lâche pas, on pense crânement que les garçons ont tort de vouloir être forts. Féminisme juvénile qui croit que la virilité porte en elle injures et violences. Marre d'être protégée par les filles, d'être protégée des injustices des maîtres, de la méchanceté des garçons, des incompréhensions de la famille. Quand il m'a quittée pour une autre vous étiez toutes là pour me dire combien il ne me méritait pas, quand j'ai échoué à mes examens vous étiez toutes là pour me dire qu'un concours c'est aléatoire, quand j'ai négligé de m'inscrire sur les listes électorales vous étiez toutes là pour me dire qu'il n'y avait plus de différence entre la droite et la gauche, quand j'ai eu ma période chanson française vous étiez toutes là pour pleurer avec moi au karaoké sur des tubes de France Gall, quand j'ai porté des jupes sur des pantalons vous étiez toutes là pour me dire que ça affinait ma silhouette. Vous n'avez jamais voulu me faire de peine, vous m'avez protégée parce que c'est ça le boulot des copines. Maintenant je veux qu'on me pète la gueule.

Elle voulait être un homme, un vrai, elle voulait être initiée. Elle avait entre vingt et vingt-cinq ans, étudiante, une matière littéraire sans doute, cet âge qui croit que le monde peut lui appartenir, qu'il a le pouvoir de le transformer. Elle avait la dégaine d'une jeunesse qui vous emmerde, cette silhouette qui ne ressemble à rien et à tout le monde ; elle marche dans les couloirs de la fac entre deux cours, entre deux machines à café ; elle cherche les hommes, pas pour le flirt, pour être initiée, pas au sexe, au pouvoir de la parole. Elle ne veut pas plaire, elle évite les accoutrements féminins, la mèche sensuelle, le jeu de hanches, t'as pas du feu ; elle veut être considérée. Ça se passe dans les couloirs de la fac, elle va se choisir une bande, elle pourra dire « ma bande », et sa vie va changer. Elle les choisit un peu plus âgés qu'elle, les aborde sans précautions, est adoptée.

Un mois de juin à Paris, fin de l'année scolaire, examens réussis, été qui promet des terrasses, des cinémas en plein air, et des jupes au-dessus du genou. Son plan, elle les aborde dans un couloir, se présente : nom, âge, milieu social, vote, sexualité, intentions = décontamination de la *girly attitude*, apprentissage de la virilité faite femme. Coup de chance, ça les fait rire, ils sont quatre, elle prend les numéros de téléphone.

Elle les avait repérés, elle les avait écoutés, qu'est-ce que c'est avoir vingt ans dans les années quatre-vingt-dix ? Ils s'étaient accordés sur un point : ce moment de leur vie coïncidait avec la montée des discours funèbres d'un côté (mort des idéologies, etc.) et l'importance de parler de l'autre. Entre vingt et trente ans parler est ce qu'il y a de plus important. Elle les fréquenta, et son activité favorite fut bientôt de les observer faire de la politique à table. C'était des hommes de l'habitude, du geste et de la pratique sans cesse répétés ; ils dînaient ensemble trois fois par semaine, ils définissaient à l'avance des ordres du jour qui circulaient par mail : le mariage, les pétasses, John Ford, Diam's, LO/LCR. Toujours le même rituel au bar, on se serre la main puis on s'embrasse puis on s'insulte, enfin on remplit les verres. De quoi parle-t-on ? de politique, toujours, dans la mesure où la politique sature tout chez les garçons qui se donnent la peine de penser entre eux. On se querelle, on montre sa force, on prend parti pour ou contre Bourdieu, la téléréalité, le cinéma américain *teenage*, la discrimination positive, Christine Angot, la préventive, la moustache, l'abstention et l'abstinence. Il est tard, on est toujours dans ce café, on n'en a jamais fini avec boire, fumer, parler, pas de silences, pas de temps morts, ces garçons-là ne soufflent pas. Problèmes esthétiques, questions d'actualité, découpages idéologiques, sorties culturelles ou chagrins d'amour, qu'importe, on fait de la politique : c'est-à-dire qu'on ne laisse rien passer. Alors que les filles ont tendance à laisser dire et à laisser faire, ces garçons-là y croient encore, jouent encore, relèvent. Plus personne ne relève, les choses se disent, ou plutôt sortent, tombent et restent plantées là ; plus personne ne vient ramasser. Mais chez eux tout est relevé, argumenté, dévoré, classé, étiqueté, rangé ; puis ressorti, réactivé, remis en jeu, encore et encore. Faire tourner la machine avec les mots, la monstrueuse et dévorante machine à produire des discours, qui s'accélère, qui s'emballe, qui chauffe, et qui emporte tout. Les machinistes s'y relaient, le ton monte, les voix portent, les corps s'énervent, on boit et on assène et on fume. En plein dedans, voyage au cœur de la virilité. Mais qu'est-ce que c'est que cette virilité-là ? C'est du langage, du désir fait parole, comme à la guerre, comme à l'amour, la mort au champ d'honneur, les pieds devant s'il le faut. Elle a vu tout cela et elle ne s'est même pas fait violer à la fin. Une nuit avec des hommes qui parlent, qui ne fatiguent pas, qui considèrent que rien au monde n'est plus important que de parler ici et maintenant avec ces gens, parler des influences rock dans le hip hop — c'est un exemple. Loin des nuits avec les filles qui fatiguent, qui ont quelqu'un à rejoindre, des griefs à soulager.

C'est une fille qui rêve d'être virile et amoureuse.

Ce qu'elle a vu ce soir-là, le soir où elle s'est dit que les dîners de filles c'était fini, fini ces gynécées stériles, ce qu'elle a compris ce soir-là c'est que c'était ça l'érotisme, être virile et amoureuse. C'en était fini de l'érotisme privé qui mouille tout seul dans son lit, de l'érotisme sacré qui ne regarde personne. Elle est sortie de la chambre à coucher, elle a vu que dehors certains avaient socialisé l'érotisme, que l'érotisme était dans les mots, les verres d'alcool, la polémique, les cendriers pleins. Amour des mots de la bouche, des corps qui les disent, de la compagnie, du cercle autour de la table, de la table de bistrot, du poing qui tape sur la table de bistrot. Être généreux, prendre le monde, prendre les autres comme on prend le maquis, comme on prend une fille.

Choisir son camp, on y revient, mais les camps se redéfinissent, les frontières s'effritent, on les nommera autrement, pour voir où elles passent ; choisir non pas tant son sexe que la virilité ou la féminité, choisir avec qui dîner. Et immanquablement d'un côté les filles qui rechignent à la nourriture mais qui grignotent sans cesse, un bout de pain, goûter dans l'assiette de la copine, un dessert à deux, non, juste un demi-verre de vin, un déca avec sucrette et l'addition. De l'autre les garçons et leur digestif. D'un côté bavardages, enthousiasmes, indignations, tout en surface, commentaires ; les filles commentent : l'attitude lâche d'un homme qui ne lui a même pas dit en face, le temps qui passe sur nos cuisses, les disputes puis réconciliés sur l'oreiller, la domesticité qui nous bouffe, parfois la parité, parce que quand même, et elles sont où les féministes ? De l'autre on creuse, on travaille ; les garçons s'affrontent. Ils ont pour eux le goût de ne pas faire de psychologie, et la psychologie est le gouffre qui nous sépare. Il arrive que les filles disent des choses et que les garçons s'enlisent, mais ce qui compte ce n'est pas le fond, ce n'est pas parler pour ne rien dire ou dire, c'est la forme, le style, la foi, le turbin. Ce qui compte c'est d'avoir une voix, une atmosphère, quelque chose à donner à ce que l'on dit ; pour qu'il nous le rende bien.

Dire c'est quoi ta chanson préférée ? ce n'est pas dire si le sang qui coule dans tes veines était une chanson ? Dire je trouve que machin a un problème, il est complètement immature avec les filles, ça doit être à cause de sa mère, ce n'est pas dire cet homme est une lesbienne militante. S'indigner du sort des femmes voilées entre copines ne dit rien, interroger la laïcité (à l'école ?), la féminité (toutes des salopes ?) ou la mode (assortir son voile à ses Nike ?) dit au moins l'envie d'en découdre.

Les filles d'un côté, les garçons de l'autre, non pas nécessairement les sexes, mais les voix. Il arrive que des garçons soient des filles, et que des filles soient des garçons ; il ne s'agit même pas de sexualité mais de prise de parti. Qu'importe que je sois lesbienne, garçon manqué, en robe ou ambiguë, je décide d'être avec les filles ou avec les garçons. Cette fille-là a décidé de sa sociabilité, de sa mise au monde, de sa mise en circulation — sur le marché.

Mais avant cela on avait décidé pour elle, c'est la question du père. Une fille, des garçons, dans l'ordre : le père, les amis, les amants. Il faut faire avec tous ces garçons, qu'est-ce qu'on en fait de tous ces garçons ? Il faut savoir se placer. Au commencement était le père, elle a réagi, évidemment, elle a commencé par être fille. Elle n'avait pas d'autre choix que d'être du côté des filles, à l'époque, par peur, par ignorance. Son père était le seul homme de la famille, la famille qui se réduisait au plus strict : père, mère, filles. Pas de cousins, de tantes ou de grands-parents ; on les tenait à distance, on connaissait leurs noms, leurs professions, mais c'étaient des ploucs. On ne recevait pas non plus, et les enfants étaient scolarisées dans des établissements pour jeunes filles. Un seul homme pour référence. Quelle virilité ? Une autorité plutôt. Que pouvait-on en faire ? Un intellectuel savamment désincarné et réincarné dans la pensée, exigeant, qui se fiche de l'éducation de ses enfants et pour qui seule comptait la connaissance, l'esprit — à la française. Ça vous structure rien du tout un truc pareil. Ça vous laisse sur le bord de la route, à vous demander à quoi peut bien ressembler un mâle, un mâle de magazine. Parce que dans les magazines on sait bien comment fonctionnent les petites filles de quinze ans, et celles de quarante ans.

Elle aurait voulu qu'il mette un jean le week-end, qu'il ait su monter une étagère, qu'il regarde le foot à la télé, qu'il la porte sur ses épaules, qu'il la soulève du sol, d'une seule main, et qu'il lui caresse la nuque. Qu'il mange des frites avec de la mayonnaise, qu'il sache conduire un tracteur et tondre la pelouse, qu'il se mette en maillot sur la plage. Toutes ces choses qui font rêver les petites filles, toutes ces choses auxquelles on peut un jour dire merde pour aimer d'autres hommes, moins rassurants, moins prévisibles, moins bourgeois.

Mais pour cela il faut avoir été rassurée, au moins une fois, il faut avoir été emmenée aux autos tamponneuses et s'être fait offrir une barbe à papa.

Voilà, elle a commencé sa vie du côté des filles, elle ne savait pas que les garçons existaient ; elle avait pourtant une intuition, le pressentiment que quelque chose se passait du côté des cours de récré, là où la guerre des sexes commençait à gronder. Elle devient ce qu'on appelle un « garçon manqué », le garçon que son père aurait détesté avoir, le garçon que sa mère aurait rêvé d'avoir, le garçon qu'elle allait rencontrer quand elle serait grande. On la traitait de *gouine*, elle se sentait bien dans son corps d'homme : elle marchait courbée, les bras légèrement écartés du corps, elle tirait sur ses cigarettes en chocolat en plissant les yeux, elle jouait au foot, ne quittait pas son blouson de ski l'été, traînait des pieds au passage clouté, et appréciait la compagnie des adultes ; avec eux on pouvait parler d'homme à homme. Mais elle côtoyait toujours les filles. Tout cela l'empêchait d'avoir des histoires d'amour, les garçons n'étaient pas assez progressistes à l'époque. Ça l'arrangeait bien, elle avait trop peur, trop peur que ça la transforme encore plus en fille, que ça l'oblige à porter des jupes courtes, que ça lui fasse mal aussi, que ce soit un gros con. L'idée de la pénétration, c'était une terreur. Chez elle on était bien élevé, les corps n'y habitaient pas, on ne parlait pas de ces choses-là, les crises de foie étaient des crises conceptuelles, on taisait la douleur, le corps qui se transforme, toutes ces manifestations physiques qui intéressent les psychologues.

Elle avait des copines pour partir en colo, faire semblant de parler des garçons à la lumière des lampes de poche — elles avaient déjà embrassé —, des copines pour faire les magasins le samedi après-midi, pour aller au cinéma et à la crêperie. Ensemble elles ont fait leurs premières soirées, elles ont goûté leur premier Malibu-ananas, elles ont perdu des dimanches à ne rien dire dans des canapés, à mentir aux parents. Elles se sont jalousées pour des histoires de vêtements ou de notes, elles se sont réconciliées à des dîners d'anniversaire surprise, elles ont volé du vernis à ongles au Monoprix, elles sont allées chez le coiffeur en groupe, elles ont fraudé dans le métro, elles ont fait le mur et sont rentrées à pied d'une soirée à Bagnolet, elles ont eu piscine le mercredi, elles ont vu *La Boum* et même un porno avec un cousin plus âgé. Elles se sont tenues par le bras pour traverser en courant hors des passages piétons. Des vraies filles, comme celles qu'on voit dans le RER.

Mais elle n'y arrivait pas vraiment, elle n'avait toujours pas embrassé avec la langue, toujours pas pris de cuite, toujours pas porté de talons, ne s'était toujours pas maquillée. On se moquait gentiment, on la traitait d'intello, comme son père, elle ferait des études. Parfois elle aurait voulu être un homme pour de bon, plus avoir ces fesses qui prennent trop de place. Elle a demandé un skate pour Noël.

On ne quitte pas les filles comme ça. On s'arrache et on n'est pas comprise. Les filles nous en veulent, nous trouvent de moins en moins tendres, de plus en plus cyniques. On peut passer du côté des garçons et conserver la nostalgie des filles, le pays du confort et de l'insouciance ; on trouvera bien à le remplacer, par le couple, c'est un exemple. Contre la violence du monde elle avait ses copines, maintenant elle a son mec.

Ce fut difficile aussi parce que chez les filles, malgré tout, elle était la star. Sa singularité, son handicap érotique, ses bonnes notes, sa grande gueule lui assuraient la reconnaissance nécessaire : chef de bande, bande de filles, filles à papa. Elle était leader puisqu'elle était le seul garçon. Elle expliquait la vie, comment elle était dure, consolait les filles larguées inconsolables, aidait à terminer les exposés de biologie, dansait la première et la dernière en levant les bras sans honte, avait même passé une nuit au poste et fumait des roulées au square en face de l'église.

Passer du côté des garçons c'était aussi renoncer au privilège d'être une élue. Elle serait si peu garçon entre les garçons, elle redeviendrait un peu fille, par la force des choses, elle retrouverait son sexe ; il se réveillerait alors qu'elle l'avait cru mort, éteint, cautérisé à vie. Elle serait le sexe faible, on lui tiendrait la porte, on ne lui compterait pas le vin au moment de l'addition (« elle a rien bu » — la honte), on lui ferait un compliment sur sa nouvelle veste, qu'elle était jolie aujourd'hui, on s'excuserait d'être vulgaire, et surtout on ne la laisserait pas parler. Elle leur en voudrait de lui tenir la porte, on ne la prenait pas pour un homme, alors elle aurait à faire ses preuves.

Une réaction un peu bête, un soir dans un restaurant, mais il faut en passer par là. Un gentil garçon qui l'avait invitée à dîner, ils s'étaient rencontrés dans un appartement — sans doute une pendaison de crémaillère, elle ne savait plus très bien —, elle avait accepté de le revoir. Pourtant ils ne s'étaient pas parlé de la soirée, il la regardait de loin, ni gentiment, ni méchamment — elle avait apprécié cette neutralité, elle pensait que c'était du respect ; au moment de partir il était venu se présenter et lui avait laissé son numéro de téléphone. Elle avait appelé, à cause de cette neutralité, et à cause du tee-shirt à l'effigie de Harpo Marx qu'il portait ce soir-là. Le jour du rendez-vous il était en chemise. Ça va ? Ça va. Ça va ? Ça va. Pour le moment rien à se dire, attendons d'être assis. Arrivé devant la porte du restaurant il a ce geste : claquement de talons discret mais sec, les pieds ramenés parallèles à la porte, attrape au même moment la poignée, légèrement courbé inclinaison majordome, main qui se détache au bout de l'avant-bras déplié et qui vient effleurer le bas de mon dos. Je t'en prie. Il me tient la porte, avec emphase en plus. Je n'ai pas supporté. Je préférerais que tu me lâches la porte dans la gueule. C'est-à-dire ? Je renonce aux petits privilèges féminins, je ne veux pas que tu me tiennes la porte, je ne veux pas que tu paies l'addition, je ne veux pas que tu allumes ma cigarette. Qu'est-ce que c'est que cette chieuse ? Il n'a pas supporté, il est parti.

Il faut en passer par là.

Elle aime les hommes, elle les trouve beaux et intelligents, comme une midinette mais qui s'en foutrait du physique, du physique de la couleur des yeux, des poignées d'amour et de la coupe de cheveux ; mais pas du physique des mots, des visages qui se contractent pour dire ce qu'ils ont à dire, des doigts qui menacent et du pied qui cogne dans la chaise. Elle pense que c'est là que ça se passe, que les choses se disent et qu'on y croit. Y croire, même si c'est un jeu, c'est ce qui lui manquait. Jouer à y croire vraiment, jouer à rouler sous la table pour des idées, jouer à s'entre-tuer aux demis de bière tiède parce qu'on a trop parlé et qu'on a oublié son verre, jouer à prendre le pouvoir, à raser les églises, à refonder le Parti socialiste, à mettre des seins aux garçons, à annuler la décision de l'arbitre, à regarder les films à l'envers.

Parler c'est jouer et la parole creuse le fossé entre les sexes. La parole des hommes c'est la grande affaire des féministes pas encore sevrées, leur grande gueule de machos qui se la ramènent, qui parlent toujours plus haut, systématiquement, qui dévorent tout, qui saturent tout, le temps, la pièce, les autres, les bouteilles vides, qui renversent les cendriers, qui bousculent les filles. Mais pourquoi accepter d'être dévorée par ces garçons ? Il se trouve que ces hommes-là vous recouvrent, vous enduisent de paroles, mais avec quelque chose en plus, le désir, le corps qui incarne les phrases, qui leur donne la chair qui manquait.

Ils sont pénibles, ils sont forcément pénibles à toujours avoir peur de manquer de temps, peur de ne pas pouvoir finir leur phrase. Si tu te tais t'es mort, si tu reprends ton souffle, si tu fais une pause, si tu bois une gorgée, t'es mort ; un autre enchaîne, part sur sa ligne, court droit devant, suit sa folie, puis s'épuise — plus ou moins tard — et passe le relais.

Ils parlent trop, ils sont fatigants ; mais les filles qui se taisent sont criminelles, criminelles à l'égard de toutes les femmes. Ils parlent trop mais il en reste toujours quelque chose, ils parlent trop mais ils sont en vie, ils parlent trop mais parfois ils s'arrêtent pour embrasser une fille.

Goujaterie, égotisme, fatuité, bonheur de soi ; mais c'est à prendre ou à laisser. Si on est pour la place publique, si on est pour la machine, si on est pour que ça tourne il faut supporter le son, le volume poussé au maximum, les basses dans la tête ; si on aime le rock, le rap, l'opéra, on se met au premier rang, près des baffles. Faut que ça gueule.

Une certaine radicalité, pas toujours très courtoise, qui a tendance à rappeler à qui veut l'entendre qu'elle a des couilles, et qu'elle prévoit bien de les mettre sur la table. Une grossièreté qui ne fait pas rêver sur l'avenir des rapports entre les sexes, sur la virilité qui ne passe pas, mais c'est à ce prix. Il ne reste plus qu'à faire en sorte que les filles soient des garçons, que les garçons soient un peu des lesbiennes ; brouiller les camps, les croiser, en attendant mieux, en attendant l'annonce de la mort des sexes — tambours et trompettes — et l'avènement de la virilité pour tous. Dans le temps qui te reste va dîner avec les hommes, va les écouter parler, te gaver de paroles, t'épuiser autour d'une table de bistrot qui n'en finit pas de voir tourner les verres ; tu ne pourras pas en placer une mais tu vas apprendre, tu verras petite, ce sera fort.

À force de dîner avec des hommes elle a de moins en moins vingt ans, de plus en plus trente ans, toujours ni belle ni moche, toujours le même jean, moins étudiante, plus salariée, une grande personne qui n'a pas oublié que parler est toujours la chose du monde la plus importante mais pas la mieux partagée. Dans sa vie il n'arrive rien, il n'arrive que la parole, il n'arrive que le rituel de la parole qui l'inclut dans la société, comme le ferait n'importe quel autre rituel. Je suis la fille dont on n'a rien à dire, une fille qui n'existe que dans les détails, les interstices : lire le journal à l'envers, tout le journal, boire un café au comptoir et aborder les clients les plus maussades, acheter un livre, le lire en attendant de rejoindre les autres, instaurer des rapports de fréquentation, et que ces rapports soient des moteurs. Pas de passions amoureuses, rien qui dévore, pas de drames, pas de grands desseins, mais un projet, presque un projet secret, être féministe autrement, être une dure à qui on ne la fait pas ; s'embellir et bien parler, être impitoyable et désirable, faire la guerre aux connes, aimer la compagnie des hommes pour beaucoup d'autres raisons. Parfois elle pleure toute seule dans son coin mais souvent elle dîne avec eux.

Ce soir ils sont cinq et comme tous les mardis ils dînent ensemble. Un mauvais restaurant dans un quartier qui ne ressemble à rien parce qu'il ne faut pas s'encombrer de trop d'apparences, de trop de gastronomie ; ça déplacerait l'essentiel et l'essentiel c'est de se parler. Un restaurant chinois dans le douzième arrondissement, comme ça on est sûr qu'on se fout de la bouffe et de la décoration, on a déplacé l'esthétique ailleurs. Il se trouve que ces garçons-là sont beaux, belles mains, beaux mentons, et des yeux qui font baisser les miens.

Ils sont cinq, célibataires ou pas, sans enfants, ils travaillent pour des revenus à la fois modestes et suffisants ; professeur, employé de bureau, informaticien, journaliste, ingénieur. Et puis il y a elle, toute contente, et tout le monde fume déjà, on commande une bière, et une formule du jour avec encore une bière, puis un vin de la maison et un café avec une bière avant et un alcool de riz, avec la fille à poil au fond du verre, toujours décevante avec ses tout petits seins. Le patron offre la deuxième tournée.

Ça a bien duré deux heures, deux heures et demie.

Et alors, qu'est-ce qui s'est dit ?

Ils ont commencé par s'insulter à la première bière, se sont traités simultanément de « fabiusien » et de « réformiste ». Puis on est vite dans le vif d'un sujet, on lance la conversation, comme au bowling, et on voit si on fait tomber des quilles. Au choix, un film populaire français, le gel des crédits militaires, la réforme de la Sécu, un mariage à la synagogue, le transfert du cœur de Louis XVIII à Saint-Denis, un clip de Booba. Aujourd'hui c'est le voile, la laïcité. Ça fait quelques semaines que ça traîne cette histoire mais elle revient toujours, pas réglée, on s'est engueulés la dernière fois, on aimerait se réconcilier mais on s'engueule encore plus fort, c'est parce qu'on s'aime bien.

Il y en a un qui pense que le voile est une affaire de signe, que la société bourgeoise veut imposer sa toute-puissance aux signes minoritaires ; il y en a un qui ne parle que de racisme antiarabe, il y en a un qui se demande s'il faut préférer un élève gothique à une élève voilée, il y en a un que ça rend malade ce symbole de la soumission de la femme ; et puis elle qui se tait, qui a du mal. On ne lui donne pas la parole et elle ne la prend pas. L'heure tourne, elle n'a plus l'air si heureuse d'être là, mais accablée plutôt, un peu bourrée, un peu plus moche tout à coup, c'est la fatigue, manque d'endurance, d'entraînement, elle n'a pas encore fait assez de dîners. Souvent elle se tait mais cette fois elle s'était promis qu'elle aurait des choses à dire, elle avait même un peu préparé à la maison : elle avait fait la liste de ses points forts et des dernières anecdotes qui amuseraient. Et puis plus rien, plus de jus, ça va très vite, elle lâche, elle a bu trop de vin trop vite, elle a voulu suivre le rythme, mais elle ne tient pas l'alcool. Ça la casse. Autour d'elle les discours s'accélèrent encore et se referment les uns sur les autres. Racisme, non, république, non, neutralité laïque, non, islam religion la plus conne, non, fondamentalisme, non, tolérance, non, Jules Ferry, non, Luc Ferry, non, loi, non, concertation, non. Par où on entre, par où on sort ? Elle tente bien d'intervenir, elle fait le tour pour passer par-derrière, mais des gros bras l'en empêchent. Interdire, non, autoriser, non, cas par cas, non. Et pourtant elle voudrait parler, dire qu'elle est pour le voile, qu'on ne doit rien interdire aux femmes, même pas le voile.

Pour le moment elle se contente d'être la *pom pom girl* du débat, je souris, j'acquiesce, je m'exclame, je demande une carafe d'eau mais je ne prends pas la balle ; et l'heure tourne encore. On est passés du restaurant au bar. Plus la nuit avance plus les hommes ont des choses à régler entre hommes. Entre hommes, ça veut dire quelque chose, qu'on n'a pas peur de dire des conneries et en même temps qu'on n'est pas là pour plaisanter. Et toi qui as choisi d'être là, qui as abandonné tes sœurs de lait au nom d'une discipline ; il ne faut pas faillir. L'essentiel c'est d'y être mais il s'agit aussi, en tant que fille — corps de fille, intonation de fille, les yeux noirs —, de faire valoir sa voix féminine. Il faut savoir d'où on part, du plus bas de la féminité. Alors elle se lance et il y en a un, un peu plus attentif que les autres, un peu moins emporté, qui l'a entendue et qui a fait silence. Les *Ni putes, ni soumises* ont tort d'ostraciser les filles voilées, c'est haine contre haine. Ça a relancé le débat, puis de nouveau elle a sombré ; mais elle avait alimenté la machine, elle avait dit quelque chose puisqu'on était venu ramasser. Elle s'est dit c'est bien, c'est un bon début.

Le bar a fermé et ils sont restés sur le trottoir : T'as jamais été révolutionnaire toi, ben non j'ai toujours été social-démocrate, il est vachement courageux d'être révolutionnaire, c'est pas facile, c'est douloureux, enfin il est pas révolutionnaire en 17, il est révolutionnaire en 2004 c'est quand même moins dangereux, il faut faire la différence entre une ballade et un slow, « Brown eyes » des Destiny's Child ou « Spend a lifetime » de Jamiroquai ce sont des ballades, « Nothing else matters » de Metallica ou « Still loving you » de Scorpion ce sont des slows, dans le slow il y a une vraie montée en puissance, en plusieurs phases, qui permet un travail d'approche, une ascension amoureuse dans la danse, avec la ballade tu restes sur une médiane qui t'emmène nulle part, je crois que tu lui plais, Malek Boutih déclare qu'il faut mettre toutes les filles voilées dans des écoles privées et personne ne dit rien même elle qui a dit je suis une sioniste pro-palestinienne, mais enfin est-ce que antisionisme = antisémitisme, il croit quand même que le mur en Israël c'est moins grave qu'une frontière, le burlesque ça va d'où à où, de Buster Keaton à Mike Myers, je suis amoureux d'une fille elle a pas de seins, mais alors pas du tout, moi je veux bien coucher mais j'ai pas le temps, trop de travail et puis t'as vu mon corps, les bourrelets au-dessus des hanches ça m'empêche de danser convenablement, comme autrefois, je ne peux plus faire ce mouvement-là comme ça où je tourne sur moi-même, et il y a cette lettre dans *Libé* d'un mec qui dit que supprimer les clopes dans les hôpitaux psychiatriques c'est priver les malades du seul lien qui les rattache au monde, *Le Parrain* trois est quand même très en dessous du deux, le couple ne peut pas imposer sa loi, public, privé il faut faire la distinction, la triple peine c'est quand l'État lui-même considère que tu portes atteinte à la sûreté du pays et renchérit sur la double peine, Isabelle Alonso nuit au féminisme parce qu'elle est hystérique et hystérique à la télé ça conforte le beauf dans sa misogynie, oui mais Isabelle Alonso dit à la télé qu'à travail égal une femme est moins bien payée qu'un homme et Isabelle Alonso ne rit pas aux blagues machistes contrairement à toi, connard, légitimiste, libéral, strauss-kahnien, PSG, FC Nantes, Loana, *Sex and the city*, on ne peut pas plaire à tout le monde, tout le monde en parle, merde il s'est endormi dans le caniveau, il est encore parti sans dire au revoir, les mots sont importants, je sais pas trop quoi penser de Fabius qui tend la main aux Verts tout en dézinguant Besancenot et Bové, pourquoi on lui reproche toujours de ne pas être assez politique, il n'y a pas que la politique dans la vie, il y a aussi l'esthétique et le ludique, on pourrait lui reprocher de n'être pas assez ludique, quand il dit le Loft c'est la *res publica* il n'écrit pas dans *Le Monde diplo*. Elle est sur le trottoir en silence. Et toi la nana, tu as bien quelque chose à nous dire, on t'écoute. Il fallait bien que ça arrive ce ton agressif, à force de la jouer petite gueule. Je voudrais dire que pouffe et pétasse ce n'est pas la même chose. La première est féminine tendance Betty Boop, rouge très rouge sur les lèvres mais pas grossier, petit sac à main sur l'épaule, elle marche sur une ligne, a mis trop de parfum mais de qualité, adore la futilité, les discussions au bord de la piscine, faire la liste des hommes politiques les plus sexy. La seconde est volontairement plus vulgaire, son rouge à lèvres sera nacré, ses talons plus effilés, son cul plus roulé, son hystérie plus sexuelle ; elle exaspère parce qu'elle est violemment féminine, tendance postmoderne qui n'a plus rien à perdre. Une vraie allumeuse qui réveille la jalousie des boudins, beaucoup plus méchante que la pouffe négligente et désinvolte. Alors qui est la plus féministe des deux ? Sans doute la pétasse, dans son agressivité. Et les pétasses intellos, celles qui veulent être désirées autant pour leur cul que pour leurs idées sur la littérature ? Qu'est-ce qu'on en pense ? On en pense que c'est idéal pour satisfaire l'appétit sexuel des garçons mais que c'est un équilibre difficile à tenir ; le curseur a tendance à balancer trop d'un côté, ça donne intellectuelle dans le pathos, nymphomane gauchiste, salope prétentieuse. Elle avait dit ça d'une traite, c'était sorti emballé, ficelé ; une petite théorie à soi. Pas mécontente ; les garçons avaient écouté sans broncher.

Et toi t'es quoi ? Ni l'une ni l'autre, mais si tu veux vraiment une catégorie on dira garçon manqué, pas au sens où je serais un garçon raté du fait des hasards de la génétique, mais plutôt que j'ai manqué le garçon comme on manque son bus et qu'on attend le prochain, ou qu'on court après. Bien parlé. *One point*.

Après le trottoir on ne veut pas en rester là alors on va boire un dernier verre, chez celui qui n'ose pas dire non et qu'on empêchera de dormir. Chez les garçons on appelle ça la *sad hour*.

Alors que les filles se contentent d'un cocktail coloré à l'*happy hour*, posées bien droites sur des banquettes de velours, entre dix-huit heures et vingt et une heures, les garçons prolongent jusqu'à la *sad*, l'heure universelle du dernier verre. Avec qui finir la nuit, ou plutôt ne pas vouloir la finir ? C'est l'heure des camarades qui en redemandent, c'est encore plus tard dans la nuit, c'est encore plus de verres, de cigarettes, d'heures, de virilité, de mots, de fatigue reniée, de grandes gueules, gueules noires de la parole. C'est l'heure où on surjoue la vie, les sentiments, les idées.

À bout d'alcool, de fatigue et de paroles on a encore quelque chose à dire, on boit doucement, encore un dernier, on se fâche, on s'agite à coups de grands gestes, on ressasse, on dit enfin ce qu'on a à dire, souvent on est saoul : violent, pathétique ou grandiose. Il voulait que tous ses amis soient révolutionnaires comme lui, mais pas à la LCR, il lui a répondu que quand même le maoïsme c'était un nombre de morts, il n'était pas d'accord, pas d'accord pour penser la théorie comme ça, il y a quelque chose derrière Mao, une pensée, des opérations intellectuelles encore intéressantes, ce sont elles qu'il faut cerner.

Avec la *sad hour* les garçons résistent à leur manière, ne pas vouloir dormir, ne pas vouloir se quitter, refuser que le monde se termine, arracher une ultime aventure : caprice, ivresse ou peur du noir et de la solitude, toutes les raisons sont bonnes. Jour toujours, je fais ce que je veux, je me couche quand je veux, je reste avec mes copains dans le monde, réveillé, allumé. Les séparations sont trop douloureuses, on n'est pas obligé de supporter ça, on a le droit de croire qu'on va crever ou tomber malade si on rentre avant les autres. Occupation des sols, peur de rater quelque chose ou quelqu'un, l'histoire en train de se faire, de se dire, le moment où ça arrivera, l'événement crépusculaire. Le dénouement de la *sad hour* : faire son sentimental, vouloir se battre avec un plus fort que soi, tout expliquer, s'emporter. Tension, fraternité, vie devant soi.

Il est six heures trente, désormais il s'agit essentiellement d'occuper le terrain ; heure des braves, champ de bataille, être le dernier pour compter les morts, sauver l'honneur, inlassablement renvoyer la balle, riposter, ne jamais céder, rester tant qu'il y a des interlocuteurs, des crevards, jusqu'à l'épuisement. Les enterrer tous, ramasser les médailles, tenir la baraque. Celui qui veille a le dernier mot. La *sad hour* est l'heure du soldat ou de l'aristocrate, en ce qu'elle exige la robustesse des corps et la grande santé : tenir l'alcool, dormir peu. La sélection naturelle fait son travail, les faibles succombent et vont se coucher, les puissants triomphent à force de volonté et de grandiloquence. À la *sad hour* l'homme nouveau se crée sous nos yeux. Un surhomme qui ne veut pas dormir, qui n'abandonne jamais l'espace public ; mettre tout en commun, et d'abord le temps, se donner tout entier aux autres, à la place publique, jusqu'au petit matin.

Dans le studio au cinquième sans ascenseur on s'agrège au gré des alcools, on sert des verres, boire est un prétexte pour parler, parler est un prétexte pour boire. Temps de la convivialité primitive de l'alcool. La *sad hour* ouvre un monde de possibles, un peu fou, où les choses arrivent : violence, abandon, révélation, brouille, émotion. On trinque. Au dîner elle avait du mal, à la *sad* elle a encore plus de mal, les garçons sont encore plus garçons, elle s'en retrouve encore plus fille, l'écart se creuse, ils marquent trop de points : trois gin tonics pour elle contre onze pour le plus vaillant, même pas une cigarette jusqu'au bout pour elle contre deux paquets par nuit chacun, une proposition pour plus d'égalité entre les sexes dans l'entreprise contre un programme syndical pour l'alignement des salaires avec incitation financière comme pour les handicapés. Le jour est levé, elle a froid, elle aura résisté mais elle abandonne, elle annonce son départ, elle ne finira pas la nuit. On ne veut pas la laisser partir, c'est une fille. Alors on trouve une question, vite fait, pour la retenir, pour qu'elle retrouve le souffle : la maternité c'est ton truc ? Tout le monde devra répondre. La *sad* est relancée, les aiguilles sont reparties en sens inverse, on va chercher des glaçons dans le frigo. Mère ou pas ? Tu es très claire là-dessus, tu ne veux pas de la chair de ta chair, le sang de ton sang, tu veux un interlocuteur, tu voudrais pouvoir lui faire écouter les Clash à deux ans, et l'asseoir au zinc à trois ans. Mais avant il faudra que tu aies lu tous les livres et écouté tous les disques, donc c'est compromis, ou du moins compliqué. Plutôt pas mère alors. Il est huit heures.

Il y en a un qui a bu plus que les autres, beaucoup bu. L'énervement monte, élocution confuse, bras qui s'emmêlent ; il s'en prend à elle, c'est comme sa petite sœur, sa grande cousine, son amie d'enfance, un bon pote. Il se prend pour le Grand Soir, il lui conseille de voir un analyste, qu'elle a des choses à régler ; on ne comprend pas, il éructe, les autres s'interposent. Elle ne dit rien, elle acquiesce comme une bonne mère ; il est vraiment très tard. On l'a remise à sa place, on ne s'agrège pas impunément aux garçons, ça se mérite, ça se travaille, nuit après nuit, les épreuves ne manquent pas. La prochaine fois il faudra passer le cap des cinq gin tonics. T'es pas encore un mec, petite.

Elle s'en va.

Il est huit heures trente, champ de bataille : endormi assis dans son fauteuil, endormi allongé sur le canapé, endormi debout dans la cuisine, toujours pas fatigué, malade de fatigue, inquiet de l'heure, petit déjeuner au bistrot, retrouver le lit conjugal, deux heures de sommeil et footing.

Il n'y a que le collectif qui vaille, être ensemble, l'individu ne vaut rien, seule compte la médiation. Pourquoi les garçons ont-ils le sens du collectif ? parce qu'ils jouent au foot ? parce qu'ils ont fait leurs classes ? parce qu'ils montent des groupes de rock ? parce qu'ils militent ? Chez les filles ça va par deux ou trois, rarement plus. Au-delà du trio on ne peut plus avancer bras dessus bras dessous sur le trottoir, on déborde. Elle est complètement dépressive cette fille qui n'existe que dans le collectif. Et le « je », qu'est-ce que t'en fais ? Je le garde pour plus tard, pour l'amour.

Elle rentre se coucher, tremblante, elle se réveillera vers treize heures avec ce petit goût de tristesse des lendemains de fête. Gueule de bois de l'échec, elle n'a pas su effacer la frontière entre les sexes, elle se sent très fille ce matin, est-ce une raison pour renouer avec la féminité ? Ça fait longtemps, on pourrait essayer. Son dernier dîner de filles c'était il y a quatre ans ; ce jour-là on s'est quittées fâchées, elle était allée trop loin, elle avait dénigré les histoires d'amour, mais les filles ne sont pas rancunières, finalement. Elle avait envie d'essayer, de voir si les choses avaient changé en son absence, si le lien était rompu, si elle avait de la nostalgie, des regrets. C'était scientifique aussi, pratique. Pour savoir, pour dire non, il fallait connaître, se tenir au courant. Un peu comme le jour où elle avait assisté à un meeting de Démocratie libérale. Elle pouvait en parler en connaissance de cause.

Elle se lève nue, un disque dans la platine, danse nue au mépris du voisinage, une douche comme une danse, le disque tourne toujours, du rap côte Est, Fat Joe, 1995, Fat Joe scratche, elle scratche des pieds, elle tarde à s'habiller, elle ne veut pas interrompre la danse, ne jamais arrêter un disque avant la fin d'un morceau, c'est comme tuer un bébé phoque. Ce soir dîner de filles, on ne fait pas sa mijaurée : maquillage (yeux noirs, bouche rouge), jupe, en jean, fendue sur la cuisse droite, collants opaques, talons qui cambrent sur toute la ligne, décolleté, intéressant si je me penche. Du parfum qui rappelle l'été sous le figuier, c'est ma mère qui le dit, le disque est terminé. Avant de sortir il reste : journal à lire, café à boire. Les faits divers en premier et à l'envers pour connaître les phobies du jour. Le café toujours un peu amer, c'est pour le jus.

Il va falloir sortir, faire un tour, trois heures à tuer avant le dîner de filles. La rue, la jupe en jean fendue sur la cuisse droite, une salle de cinéma, un film américain : *Girly attitude*, avoir treize ans dans la banlieue de San Francisco en l'an 2000, et être très chaude. Les Américaines nous devanceront toujours, monomaniaques, obsédées par la modernité ; dans l'ordre, les fringues, le sexe, les posters, la musique, l'alcool, la déconne. Elle aime bien ce film, des filles de treize ans, piercing au nombril, vraiment pas sa vie, des guerrières pas bégueules qui savent embrasser, mieux que Madonna, mieux que Britney Spears, personne ne sait embrasser comme une Américaine de treize ans. J'aimerais bien être une Américaine de treize ans, plutôt que de me demander si le féminisme est un combat perdu. Elle a regardé le film assise en tailleur sur la boîte de pop-corn, personne ne l'a abordée ; ça va être l'heure des copines.

Une bande de copines, comme dans les magazines, comme dans les cafés du sixième arrondissement, comme au Gymnase Club, comme au cours de danse africaine, comme en deuxième année de lettres modernes à la Sorbonne. Elles se voient régulièrement ; ce soir elles accueillent à leur table celle qui les a trahies. Par générosité, par curiosité aussi.

Le dîner de filles aime les codes et les valeurs : un restaurant recommandé par les guides, une décoration récente, une bande-son originale, un peu arabe, un peu électro. Des bougies sur les tables, des appliques en verre soufflé, des serveurs en jean usé. L'intimité de filles, sans mixité possible. À chaque fois il s'agit de passer en revue (féminine) les deux ou trois domaines qui leur sont millénairement impartis : sexe, argent (domestique), mode, poids. Elles sont quatre, autour de la trentaine, elles travaillent, elles sont mères célibataires, intellos précaires, employées de bureau ou free-lances surmenées. Des filles modernes, urbaines, ces fameuses filles qui ont tout pour elles, dans leur temps, avec culture, vêtements, vocabulaire, références du temps. Aucune n'est radicalement moche, certaines sont vraiment belles, aucune n'est radicalement pauvre, certaines portent des vêtements de créateurs. Elles se plaignent de leur mec qui les surprend dans la salle de bains quand elles se poudrent le nez, de ses pratiques sexuelles qui les obligent à porter de la lingerie de couleur vive, des courses quand c'est lundi, de la pilule et de la cigarette qui dilatent les pores, des publicités qui dégradent l'image de la femme. Elles ont vu des films, lu des livres, qu'elles ont adorés ou détestés. Elles sont au courant de tout mais elles sont trop gentilles. Elles ne viennent pas ramasser, elles se disent que tout ça n'est pas bien grave, qu'elles ont une vie à gérer, leur vie de femme, un quotidien à tempérer, leur quotidien de femme. L'expo Sophie Calle au musée d'Art moderne, la première femme noire à présenter le JT, les barres chocolatées allégées en matières grasses, le docu sur le clonage ; Sandra déprime encore, ça fait bien trois ans, tu te souviens, les seins qui tombent, et le prof de latin, le café du lycée, trop vieille pour porter des pantalons taille basse, sûrement pas le mariage, Élisabeth Badinter je connais de nom mais j'ai pas lu, le voile c'est dégradant, il me plaît vraiment, au boulot la jupe je suis obligée, complètement névrosée, fait n'importe quoi, prétentieuse, gros cul, je ne regarde pas ce genre de conneries à la télé, s'est fait larguer, ils sont où les hommes, fais pas la gueule, rire, pouffer de rire, ils font quoi ses parents, sa relation avec machin c'est malsain, marre de pas de mec, les films sentimentaux américains j'adore mais j'ai honte, t'es débile, entre les hommes et les femmes le gouffre il est culturel ou structurel, les femmes afghanes putain, la maternité, la générosité, tu sais quoi, j'irais bien à Vienne, j'adore cette ville, les chocolats chauds sont hyper bons, y a des tramways partout, des espaces verts, c'est tranquille, reposant et tu peux aller à l'Opéra pour trois fois rien, c'est vraiment sublime et cette architecture rococo qu'est-ce que c'est kitsch... Elles parlent fort, les sujets sont lancés, balayés, traversés en courant mais jamais récupérés, réactivés, argumentés. Comme si tout le restaurant les observait avec désapprobation. Un dîner de filles, vu d'en face, c'est pas très ragoûtant : mise en scène de l'hystérie féminine, médisances, rires sonores, disputes psychologiques plutôt que théoriques, problèmes de couples et de peau, vacheries, petits secrets, journal intime et confidences ; tu jures de pas le répéter mais machin a un problème. Les filles pensent toujours que les garçons ont un problème, ou sont malades. Quand elles se risquent à la politique c'est pour la confondre avec l'humanitaire ou pour s'arrêter sur la route de l'indignation.

Elles redemandent une carafe d'eau et mettent de la moutarde sur leur pain en attendant les plats. Il faudra leur dire que ça fait grossir, la moutarde c'est plein de gras.

Pourquoi donc la politique s'absente-t-elle de ces gynécées ? Au prix de quelle malédiction des filles intelligentes, séduisantes et libérées, cultivées et bien faites, refusent-elles de s'affronter sur des questions théoriques, de faire de la politique à table, d'être concrètes, absconses, intellos, noires, radicales et péremptoires ? Pourquoi, plutôt que de rire follement parce qu'elle vient d'avouer qu'elle n'avale pas, la fille ne s'occupe-t-elle pas des distinctions à faire, par exemple, entre une sexualité de gauche et une sexualité de droite ? La fellation, debout ou couché ? La fille dessus ou dessous ? Roselyne Bachelot et le sexe. On ne peut pas parler sérieusement avec vous.

Pourtant on les a vues manifester un 1er mai, se fâcher avec leurs parents madelinistes et pleurer au cinéma. Et les voilà qui, en dîner de filles, relâchent leur vigilance. Pas envie de me prendre la tête ce soir, journée de boulot crevante, ça fait du bien de se retrouver entre filles.

Le groupe qui les tire vers le bas, et toutes leurs phrases qui commencent par « nous les filles », alors plus rien ne se dit.

Elles sont là, au fond du restaurant, en train de se faire des mamours, ce sont les meilleures amies. On a mangé du poisson vapeur avec des haricots verts, on a demandé la sauce à part, de l'eau pétillante, on s'est quand même empiffrées de pain, la plus jolie s'est risquée aux frites et aucun alcool ne nous est monté à la tête. Il va falloir que j'y aille, je dois raccompagner la baby-sitter avant minuit ; saletés d'enfants qui ne savent pas se garder tout seuls à deux ans. Elles m'ont demandé ce que je devenais : célibataire, propriétaire, salariée, désir d'enfant ? Mais pas si je fais du sport, si je regarde la Star Ac, si j'aime le R&B français. C'est comme ça, on fait le tour, juste une mise au point sur nos vies, même pas les images, un état des lieux objectif et social, quelle position occupée sur le terrain de la réussite. C'est quoi ton métier ? On s'en tape. C'est quoi ces questions, quoi de neuf ? tu fais quoi dans la vie ? comment ça va ? Des questions auxquelles ni vous ni moi n'avons rien à répondre si ce n'est la monotonie de notre quotidien, qui nous suffit amplement. Ce qu'il y a de neuf c'est que, comme tous les matins, j'ai lu le journal au café et que ça comble ma journée ; ce que je fais dans la vie c'est que je suis là en ce moment en train de parler avec vous, je ne fais que du présent et le présent c'est vous. Si ça va ? Non ça ne va pas, sinon je ne serais pas là, mais extatique, loin du monde, tellement heureuse que vous ne pourriez même pas supporter ma compagnie, ni même soutenir mon regard.

Il faut poser des questions très précises, sinon ça ne vaut pas le coup de répondre. Il faut avoir la générosité de permettre des réponses, des explications. Demande-moi si j'allais en colo à l'âge de douze ans, si j'étais amoureuse du moniteur, demande-moi quel est le dernier disque que j'ai écouté et pourquoi. Mon adresse, mon salaire, mon âge ne servent à rien ; mon individualité, oh le grand mot, ne sert à rien ; seul compte être en marche. Je ne veux pas travailler parce que le travailleur est seul ; je n'ai rien à dire parce que je n'ai pas travaillé, je veux juste être avec vous maintenant, sans vous dès demain, être amoureuse, et fumer trois paquets par jour sans être malade.

C'est ça cette fille, il ne lui arrive rien, personne n'est mort, elle n'a pas été licenciée, elle n'est pas malade, elle n'a rien accompli, elle n'a battu aucun record sportif, pas d'enfants, aucune production notable, quand on tape son nom sur un moteur de recherche, aucune page ne s'affiche, la bonne petite vie tranquille près de chez soi. Mais elle est de bonne compagnie et ce n'est pas rien. Il lui arrive d'être en couple, de dîner, de danser, de boire, d'être abordée dans la rue, de regarder les gens par la fenêtre, de ne pas se coucher, de voir des films pour le plaisir, de prendre un dernier verre, de vivre à deux ; il ne lui arrive rien d'autre, mais elle n'aurait pas le temps, ou alors il faudrait faire des choix.

Qu'est-ce qu'on peut avoir à répondre à ça ? Quatre filles à table n'ont rien à répondre, juste à se demander si la cinquième fille à table mérite leur estime ou leur pitié.

T'es quand même bizarre, tu l'as toujours été un peu mais là tu te radicalises. Tu ne nous aimes pas ? Ça va mal finir, il faut sauver ce dîner. Et si on parlait de la Constitution européenne ? Des cinéastes femmes qui font des films antiféministes ? Elle n'est pas prise au sérieux mais elle calme le jeu.

Problème : on se retrouve entre filles pour se détendre ; une pause, une trêve, parce que la vie publique, le temps de la mixité, ça fatigue. Attention : ce soir stop la violence et un peu d'intimité. Mais la stricte sociabilité de l'hymen et des humeurs ne fait qu'entretenir la découpe sexuée de l'espace relationnel. La fille doit se tenir et ne jamais parler pour ne rien dire, même avec ses copines, c'est la lutte des femmes qui en serait affectée. Le garçon peut se laisser aller, le temps d'un dîner de garçons : lui n'est pas en lutte, on ne lui demandera pas de se justifier. Une fille est toujours soupçonnée de bêtise ; un garçon, au pire, ne l'est que de machisme.

Le dîner de filles c'est le privé, l'intime, c'est comme à la maison, en chaussettes, sous la couette avec un bol de Ricoré ; les garçons incarnent la sphère publique. Le problème c'est que cette assignation réduit la part des filles à presque rien parce que le privé, c'est un leurre. Vie privée ça n'existe pas. Accepter le dîner de filles c'est refuser le monde, c'est renoncer, c'est courber l'échine. Les paroles sensées et décisives se prononcent en public, être pertinente ou concernée en privé ne vaut rien. Il s'agit de prendre la parole, il s'agit de le devoir à son sexe, à ses frustrations, à ses silences.

Donc là il y a urgence, combat pas mort, il va falloir y aller : être une fille et confisquer la parole aux garçons, avoir des exigences théoriques très fortes, parler haut, longtemps, et polémiquer, apporter au dossier les preuves de son intelligence puisqu'elle reste à démontrer. Et cesser de prendre un dessert à deux et de laisser la dernière bouchée. Penser aussi à commander un digestif, ça aide. Elle voudrait les convaincre. Vous n'avez pas envie de prendre le pouvoir, de les faire taire ? Vous n'avez pas envie qu'on vous trouve très intelligentes, pas juste intelligentes (« pour une fille, elle est intelligente ») mais particulièrement, excessivement, dramatiquement intelligentes ? Vous pensez que le féminisme c'est *has been*, daté comme un disque de Janis Joplin, que le féminisme ça sent le chanvre, les pulls en mohair et les aisselles mal épilées. Il y a eu la libération sexuelle, il reste le salaire, la publicité, la violence, le couple, la politique. La féminité n'est pas à votre honneur, elle est à réinvestir, à déplacer. Elles la trouvent fatigante. Pittoresque mais hautaine. Elle leur rappelle qu'être fille n'implique pas le même degré de liberté qu'être garçon.

Arrête les dîners de filles, va coucher n'importe où, n'importe comment, avec tout le monde, et parle, parle, parle, sois sexy du cerveau et remise ton cul par-devers toi ; fini de raconter des histoires ou d'en faire, fini de croire que les hommes doivent s'occuper du monde (politique) et les femmes des gens (psychologie) ; de la discipline maintenant, de l'énervement plutôt que de l'hystérie, de la revanche plutôt que de la rancœur. Ça vaut pour elle aussi bien sûr, mais au moins elle n'a pas peur du mot : FÉMINISME.

On n'ira pas boire un dernier verre, on se donnera rendez-vous le mois prochain en se disant que quand même il faudrait se faire ça plus souvent. Elles ne sont pas certaines de la revoir, de le vouloir. Il est minuit à la borne de taxis.

Où prendre sa place ? Entre le cliché originel de la femme-objet saturée de maquillage, de minijupe et d'allumage (retour de l'injure à l'envoyeur), l'anti qui ne sait faire ni la cuisine ni les enfants, qui crache au sol et qui vous emmerde au prix d'une grosse rancœur sans avenir, et la femme libérée comme dans la chanson. Où trouver sa place ? À moins d'être dans la confusion, l'écart, le déplacement perpétuel, ni masculin, ni féminin, ni salope, ni castratrice, ni je sais faire le pot-au-feu ni je ne sais pas faire le pot-au-feu. Ce n'est pas de la perte d'identité, c'est du féminisme artisanal, au jour le jour, à la main.

Un week-end, un dîner garçons le samedi soir, un dîner filles le dimanche soir, vestiaire et boudoir, terrain de foot et salon de beauté, tribune et cabine, travail et divertissement. Deux sociabilités, deux météos, et la gueule de bois du lundi matin. Trop de paroles et de sommations d'un côté, trop parler pour ne rien dire de l'autre. Fatiguée par des garçons exigeants, fatiguée par des filles indigentes. Parfois il faut se reposer des garçons, de leur virilité faite mots, de leur gueuloir nocturne, de leur grande santé. Mais les filles ne reposent personne, elles irritent, c'est du mauvais repos comme on dit de la mauvaise fatigue, pas saine, pas au grand air. Ce qu'il lui faudrait c'est un peu d'exercice, une vie muette mais intense, avec des rencontres, de l'énergie, mais sans un mot, juste pour voir, pour être enfin seule dehors avec tout le monde.

J'ai envie de danser. Elle a envie de danser. C'est la grande réconciliation, j'embrasse la terre, rédemption de la fête, de la danse, des lumières rouges et jaunes, des parquets de bal, du volume très fort dans la tête, la tête dans les baffles, les gens dans les baffles, toute la vie dans les baffles. Une soirée. Y croire.

Se préparer : encore nue, elle danse encore nue devant la fenêtre, elle ira seule, encore en jean, si elle osait elle irait en survêtement, le vrai survêtement de sport bleu fait pour ça, pour l'effort, pour la liberté des mouvements, pour la sueur et l'exploit. Mais elle n'ose pas encore, elle n'a pas renoncé au potentiel séduction. Elle ira donc féminine mais sobre. Elle choisit de bonnes chaussures, des disques fédérateurs — entre rock et disco —, elle ira seule à minuit, là-bas il y aura des amis.

Vendredi soir, pas de dîner, pas de discussions, on teste les corps, ce soir on sort. Frustration pour les garçons, on se fout de ce que vous avez à dire, draguez plutôt les filles, changez de jeu, vous n'avez qu'à être sentimental. Fini de parler, il s'agit désormais de tomber amoureux, d'inviter une fille à danser ; la danse et l'amour ne seront plus les angles morts de votre pensée. Juste ce soir. Je vous aime beaux parleurs, je vous aimerai abandonnés sous le stroboscope. Enfants de chœur à la communion sur la piste de danse, ça glisse. Pas loin de lever les bras en l'air. On se vend sur la musique, ce soir nous sommes des marchandises en circulation, à prendre ou à laisser, le dance floor est le marché, la salope qui ondule est un produit manufacturé, la musique faute d'amour, agrippez-vous les uns aux autres : un rock, un slow, une blague, une cigarette, un verre, le bord du comptoir, tout le monde peut s'accrocher. La musique est bonne, c'est son métier.

Obscurité avec points rouges, alcool, short drink, long drink, mixité radieuse, apocalypse sous la boule à facettes, fin du monde enfumée, pétard qui tourne, dernière chance offerte à la jeunesse de ce pays. La jeunesse est grisée, on s'emballe, on s'embrasse, le deejay est un despote, il emmène la foule vers le fond de la caverne, en dansant. Les garçons s'y sont mis, elle les surveille du coin de l'œil, ils boivent, dansent, matent, abordent les filles, éprouvent leurs techniques de drague : soit un groupe de trois garçons, le premier aborde (tes boucles d'oreilles me font penser au sapin de Noël de mon enfance) puis s'efface, le deuxième enchaîne (tu veux que je demande au deejay de changer la musique pour toi ?), et dans la foulée introduit le troisième, celui qui devra conclure le marché, emporter la mise : il la prend sur la piste. Ainsi les deux premiers n'auront été que des passeurs d'amour, sacrifiés au nom d'une realpolitik sentimentale qui contourne la lourdeur de la drague en la divisant par trois, trois garçons en relais qui désorientent, puis rassurent et enfin enserrent leur proie.

La fille est jolie, vingt-quatre ans, fraîcheur de vivre, de longs cheveux blonds qui balaient la piste, beaucoup de seins, un pantalon noir très moulant, un tee-shirt blanc très moulant, les ongles faits, à rire tout le temps. Celui qui a emporté la mise a le tee-shirt blanc moins moulant, la dégaine tranquille de ceux qui ne s'inquiètent pas de leur corps, sûrs d'une constitution naturelle favorable. Il mise sur une barbe de trois jours, un air de penseur hirsute mais prévoyant. Ils dansent face à face dans un mouvement d'aller-retour, l'un vers l'autre et puis s'en va ; il risque une main autour de sa taille, tout en gardant ses distances, elle pose ses ongles faits sur sa nuque, et la jambe droite de la fille qui s'insère entre les deux jambes du garçon, légèrement pliée ; c'est bientôt sexuel. Pas un mot. C'est alors qu'il faut intervenir auprès du deejay, demander un slow, implorer puisque celui-ci est tombé en disgrâce, sortir de son sac à main le single sentimental de l'été, jurer que c'est un tube, arracher les platines et envoyer l'amour sur la piste de danse, putsch musical. La nuit nous réussit : nonchalantes, pas fatiguées, tendresse du temps, inconscience du temps. Comme les grandes vacances, un été sans fin et sans sommeil, comme des filles qui se balancent, quart d'heure américain, virilité au placard. Comme les autres sur la piste, elle y croit. Elle est là pour ça ; pas pour boire, pas pour parler, pas pour plaire ; pour danser. Elle est là dans un jean moulant mais pas trop, dans un chemisier de soie, elle est là avec un trait noir sur les yeux : rock, pop, rap, électro, disco, funk, elle danse sur tout, avec tout. Si je te mets Daft Punk, tu danses ? ou Grace Jones, tu danses ? Je danse. On dirait Christine Angot décoiffée tellement elle danse. Elle court des platines à la piste, accroche ceux qui passent, prend des mains et puis les lâche, glisse et claque sur le parquet, encourage, se pend aux cous, refuse qu'on l'invite à danser un rock, se cogne, tombe, se relève, se cogne encore aux tables, aux danseurs, on la pousse, elle en fait trop, vous venez les filles ? boxe, jeu de jambes. Le corps qui joue, les mains, les genoux, elle retrousse l'ourlet de son jean, non merci pas de coke, enfin si mais juste sur le bout de la langue.

Il est cinq heures, l'alcool a emmené tout le monde, sauf elle, elle ne sait toujours pas boire, mais l'ivresse de la danse a tout retourné. Elle a embrassé une fille par surprise. Il est six heures, le jour se lève, fondu au blanc, rupture, debout là-dedans, bienvenue dans la vie point jour.

Ça va mieux, à nouveau prête à en discuter, à nouveau prête à tout entendre, revenir sur le ring, celui des garçons, sérieusement, lâcher, reprendre, lâcher, reprendre, une, deux.

Il est six heures, elle quitte la fête seule et ne s'en plaint pas, elle avait choisi de bonnes chaussures mais la danse a eu raison d'elles ; elle marche pieds nus sur le boulevard, elle tient ses sandales à la main comme dans un film avec Anna Magnani, elle est très en forme et elle chante dans sa tête.

« Alors ce soir, à la foire,
Avec deux trois lascars,
Il ira au baston,
Comme le prolo va au charbon,
Il ira au baston, au baston,
Fil'ra des coups, prendra des gnons,
C'est p' t'êt'e con, mais tout est con ! »,

elle chantait dans sa tête, très faux, même dans sa tête, la chanson de Renaud pour se donner du courage, une chanson de 1980 ; sachant qu'elle est née dans les années soixante-dix, elle était trop jeune pour se battre. Pour compenser, elle danse, ça se vaut.

Ce matin elle veut se battre, même si c'est con c'est symbolique. Se battre pour voir ce que ça fait, se battre comme un type aviné, s'en prendre dans la gueule, afficher une arcade éclatée. Elle pourrait attendre l'occasion, faire systématiquement la fermeture des bars les plus reculés, des rues les plus sordides, les PMU au-dessus du périphérique ; attends voir, à force il y en a bien un ou deux, sortie d'usine ou de bureau pas envie de rentrer, cafard, cognac à deux balles sur cognac à deux balles, je te chauffe, je baise ta femme, répète un peu pour voir, on s'attrape par le revers de la veste ; elle s'interpose, espère en prendre une, mais il n'y a pas d'enjeu, la vue d'une femme calmerait immédiatement les deux hommes, qui finiraient par fraterniser.

Je veux me battre, je veux être un homme, un homme à la con, qui un jour dans sa vie est allé aux putes, au baston, aux trois jours. Il est six heures du matin, elle marche sur le boulevard de Belleville, les Chinois, les Juifs et les Arabes dorment encore, il reste les cageots du marché de la veille, un vieux monsieur tordu sur un banc, une voiture de flics qui patrouille à vingt-trois kilomètres heure. Temps du baston ; devant la bouche de métro quatre filles, on leur donne dix-huit ans, baskets et tee-shirt court, nombril au vent ; elles se battent, comme des acharnées, les unes sur les autres, elles roulent sur le trottoir, s'agrippent par les cheveux, visages griffés, poignets tordus, confusion, on ne sait plus qui se bat contre qui, je vais te crever fille de pute, tu vas payer. Éclats, hurlements de rage, elle intervient pour tenter de les séparer, de les raisonner, d'organiser une discussion, réclame des explications. Elle n'est pas entendue, elle se jette dans le tas, ça y est elle s'en prend une, un coup de coude dans le nez, qui saigne, on lui demande de dégager, pas tes affaires, elle insiste pour participer, on la prie à nouveau de ne pas s'en mêler, elle s'éloigne à contrecœur mais en saignant, c'est toujours ça de gagné. Sur le boulevard de Belleville des filles se battent, avec la même violence que les garçons, parce qu'elles n'ont pas plus d'humanité, pas plus de tendresse, pas plus de compassion ; on leur a juste appris à porter des robes et à faire des tartes aux pommes. C'était beau à voir.

Bilan. Traverser et être traversée, projet de vie, tentative de récupération du monde. Le rythme est donné, elle se verrait bien comme ça toute la vie, le compteur bloqué sur la trentaine, sur la nuit, sur la musique et la danse, sur l'absence d'événements, sur des gens qui parlent sans se soucier des horloges. Et les jours passent et les amitiés sont les combustibles de ces jours.

Elle s'éloigne encore un peu plus de filles qui, nées dans les années soixante-dix, ont enfin l'âge sacré de s'installer en couple. Elles occupent alors leurs vies à des histoires d'amour qui relancent les horloges biologiques qu'elles avaient pourtant su déprogrammer. Elle se consacre à l'amitié, à sa réforme sexuelle, elle est souvent au bar et les garçons la rejoignent. Un matin on la trouve encore troublée par un baiser échangé la veille, avec un garçon parfait. Comme toujours elle avait désiré ce baiser, elle s'était laissé faire, amoindrie par la nuit, l'inconscience de la fête, l'inconséquence de la musique. Puis elle avait coupé court, prise par la panique d'une rétrocession à la féminité, incarnant soudainement l'objet dégradé du désir. Elle connaissait un peu ce garçon, elle lui avait fait part de sa méfiance, il avait voulu la convaincre. Tu aimes les garçons, tu n'aimes pas les filles, toi tu t'aimes comme ci comme ça, mais un garçon, pourquoi tu n'aimerais pas un garçon ? Tu sais, être à deux, le couple, le sexe, sortir ensemble, tu ne voudrais pas essayer ? Il lui dit qu'aujourd'hui, dans *Libé*, Skorecki a écrit qu'il n'y a rien de plus beau qu'un homme et une femme qui se quittent. Ça fait les plus belles chansons, les plus beaux films. Il faut que tu prennes le risque de la rupture amoureuse, il faut connaître ça, pour être crédible.

Ce n'est pas qu'elle veut pas, c'est qu'être amoureuse d'un seul c'est être tellement une fille et elle ne veut pas tellement être une fille. Elle sait bien à quoi tout ça renvoie toujours tout le monde tout le temps.

Dans cette ville on couche pas mal, on rentre à deux, on se réveille à deux, et au petit jour on s'en va sans laisser d'adresse. Mais parfois il arrive des choses : on se regarde bien, on est contents d'être ensemble, et on y croit ; parfois le réveil à deux ne casse rien, il enchante, il prolonge la rencontre, et on ne se quitte plus. On ne se quitte plus pour une semaine ou pour dix ans, c'est-à-dire qu'on forme un couple, un truc à deux, une entente miraculeuse, qui exige le sexe et sa pérennité comme signes distinctifs et fondateurs. Et là c'est la mort du hasard, fini de circuler ; deuxième rendez-vous, devant la statue de Danton à dix-neuf heures, on y est, en plein dans la structure. La drague s'est épuisée, un ménage est né : à nous le sexe à papa, la complicité, les regards entendus, les dimanches à la campagne, une certaine idée du bonheur. Le couple c'est d'abord cette pratique assidue et consciencieuse autant qu'un état : de la tranquillité, bien vissée au sol. Il ne s'agit plus que de fréquentation, de quotidienneté, de rituel : un emploi du temps commun fait de rendez-vous, de films vus à deux, de pop-corn partagé, de week-ends programmés, de baisers publics, de main dans la poche arrière du jean, de sms sentimentaux, de petites culottes sur l'accoudoir, de domesticité et de promenades. Un certain rapport au temps, du temps découpé, ordonné, sensé, fermé. Le couple c'est ce qui prend du temps, ce qui bouffe le temps ; le temps du couple déborde quand il me reste trop de choses à faire, trop de gens à voir ; le temps du couple c'est de la douceur de vivre, peut-être, mais qui s'effiloche et qui nous endort. Les sentiments, le sexe, le quotidien, l'intimité, ça vaut combien en heures ? Et les amis, le travail, la solitude, la politique, le sport, ça vaut combien ? Plus ou moins ou pareil ? D'un côté le confort, la récompense sans les efforts, de l'autre la peine et le mérite. Du temps plus ou moins fluide, plus ou moins compté. Du langage aussi, pesé, coulé, emballé. Le couple tord à sa façon l'emploi du temps et contamine les discours. Des mots gentils, du sirop, du déclaratif, de la sincérité, des messes basses, des petits noms trop mignons, tellement érotiques, tellement drôles, des pleurs et des soupirs, des scènes, de la formulation de trucs pas clairs. Le couple est cette traversée de clichés et de symboles, qui nous ramènent sans cesse à l'insatiable désir de signes, signes que je suis une femme, une bourgeoise, une épouse, une mère, rattachée à toutes les autres, à l'histoire sentimentale de l'humanité, et finalement à la société tout entière. Être en couple ce serait s'enfoncer tranquillement dans ces signes, une forêt de signes. Tu vois ce que je veux dire ?

Il voit bien mais il ne trouve pas d'autre citation de Skorecki pour rebondir. Il pense qu'être à deux, c'est comme une jungle dans la ville, une excroissance sentimentalo-urbaine qui pousse n'importe où et nous arrache au monde. Il voit bien mais ce n'est pas de l'angoisse, au contraire c'est du divertissement, c'est une nouvelle forme de circulation, un horizon ludique de relation, une faille sentimentale qui ouvre le champ.

Mais ce qu'elle ne voit pas c'est comment concilier une pratique sérieuse de la ville (être dehors, transversale, ambulante) et une pratique sérieuse du couple (être dedans, univoque, concentrée). Parce que le plus important c'est d'être urbaine, c'est d'être dehors à même le trottoir. Je ne veux pas devoir rentrer à la maison.

Regarde-les, regarde Benoît et Alice, Marianne et Paul, Stéphane et Jeanne, Servane et David, Frédéric et Marion, qu'est-ce qu'ils font dans la ville, et chez eux, et à deux et à plusieurs ?

Il y a ceux qui nient la ville, qui restent chez eux, qui ne se posent pas le problème. Il y a ceux qui sortent seuls, jamais à deux, qui font la partition et qui ne sont pas clairs : dans le compromis, vouloir rester célibataire quand même, continuer à bander de tous les côtés, balancer encore, ne présenter que sa face aimable et digne, le cul entre deux chaises, à regarder l'heure. Ceux-là sont aussi ceux qui se préservent et qui préservent leur entourage, il faut bien le dire. Toute la difficulté est de pouvoir maintenir, dans le discours et la pratique, à la fois son statut d'individu et le fait que, par ailleurs, on est en couple. Avoir du style. Il faut s'astreindre à dessiner les territoires et à les assumer tous. Il y en a qui s'installent ensemble, font des enfants ; ça s'appelle s'enfoncer mais en même temps il s'agit aussi de continuer à tracer un espace réel, distinct de la sphère sociale, de clarifier et de préciser les allées et venues entre l'intérieur et l'extérieur : à deux, seul ; privé, public ; d'une part, d'autre part. On a le droit à plusieurs vies du moment qu'on est prêt à en discuter sérieusement, du moment que l'on précise d'où on parle.

Enfin il y a ceux qui sortent en couple, qui sortent leur couple, pour l'aérer, le montrer aux copains, et parce que c'est trop fort, putain, de s'aimer. Ceux-là font corps, créature bicéphale qui distille son intimité dans la cité et pourrit le dehors. Il y a une ambiance de couple, une pression atmosphérique capable de perturber n'importe quelle bonne discussion entre amis, toujours un copain qui galoche sa nana au milieu d'une phrase. Le privé a ses armes pour mettre à mal le public et détourner les conversations : baisers, regards, mots à l'oreille, apartés, coups de coude, pieds sous la table, familiarités. Chéri, je te passe la main dans les cheveux, je pose ma tête sur ton épaule, chéri tu vas me chercher un verre, bisou, je te tapote le cul, chéri j'ai froid, j'ai plus faim, un baiser s'il te plaît, dans le cou, et je te regarde fixement avec mon œil mouillé, regarde comme je suis coquine, on se dit tellement de choses avec les yeux.

Mais tu peux toujours rouler des yeux, le dehors a souvent le dernier mot, même sur ceux qui se tripotent en public. Il a le nombre pour lui, et l'universalité. Certains pourront s'en sortir à force de discipline, suivre le code de conduite du couple en société (pas d'attouchements, des échanges réduits au strict nécessaire, les samedis soir en célibataire ; soit l'aménagement d'espaces pour le possible).

« On peut donc raisonnablement penser qu'il y a trois modes possibles pour le couple, sans doute pas un de plus. Si je dois y aller, je choisis la deuxième solution, celle qui maintient un ailleurs, celle qui me laisse tranquille, qui laisse les autres tranquilles et qui conserve l'anonymat de mes sentiments. »

Elle avait fait un exposé et cet exposé l'avait convaincue. Comme s'il suffisait de classer, comme si l'énoncé du couple comme problématique autorisait désormais le passage à l'acte. Le garçon au baiser avait raison, on ne doit mépriser aucune possibilité, il fallait passer à l'étape suivante, le couple, la version virile et féministe du couple, une politique de l'amour.

Je vais devoir me forcer, ces choses-là ne sont pas naturelles chez moi, mes parents ne m'ont pas appris, je n'ai pas que ça à faire, j'ai peur, j'ai ma vie, je ne veux pas m'exposer inutilement à la violence, je peux apprendre le sexe, je peux apprendre le sentiment, mais croire en l'amour sans qu'il fasse de vous une midinette ?

Il va falloir y aller petite, ce ne sont pas les occasions qui manquent. Tu embrasses un garçon, tu le ramènes chez toi, tu couches au pire le troisième soir, tu restes, tu restes, tu restes, vous allez au restaurant, au cinéma, vous passez le dimanche ensemble, vous vous promenez, vous rentrez pour le film de vingt et une heures ; un mois est passé, vous êtes un couple, tu peux commencer à travailler.

Est-ce que je peux prendre n'importe quel garçon ? Sans doute pas, veiller, au moment de la rencontre, à ses orientations politiques, à ses gestes (main aux fesses, tenir la porte, offrir du feu, servir un verre, danser un slow mains au cou, à la taille ou dégagées), à son impatience sexuelle (tout de suite ou on a le temps ?). Savoir que l'on part toujours du plus bas, qu'a priori le couple ne grandit personne, mais assurer un minimum ses arrières, inutile de choisir le pire des connards, autant chercher la fibre progressiste.

T'es prête petite ? Je suis prête.

Ne pas attraper le premier venu, ne pas chercher à toute force, créer les conditions de possibilité de la rencontre, espérer que cela arrive sans prévenir, à un moment ne plus y croire, renoncer, et cela advient. Classique, bourgeois, convenu. Un dîner chez des amis communs, assis à côté, rire ensemble, finir ensemble. Elle l'avait remarqué très vite, il lui avait plu sans raison. Elle le jugeait beau, ce qui ne devait pas être l'avis de tous ; il était discret, parlait avec parcimonie, n'avait aucun geste prévenant, ne lui posait aucune question sur sa vie — le travail, les amours, les projets, t'habites dans quel quartier —, se passait des présentations d'usage, et semblait avoir pour seule ambition de commenter ici et maintenant tout ce qu'il apercevait par la fenêtre qui lui faisait face, juste au-dessus de l'épaule du convive qui, lui, tournait le dos à cette fenêtre. On n'était qu'au premier étage. Commenter avec sa voisine de table ici et maintenant tout ce qui se passe dehors, voilà un projet d'avenir pour un dîner ennuyeux.

Dehors on a vu le soleil se coucher ; trois flics à vélo, dont une femme aux cheveux teints en roux mais blonde au niveau des racines, arrêter un taxi chinois qui débordait sur la piste cyclable ; deux livreurs de pizza d'une vingtaine d'années faire la course à mobylette ; un skin, je croyais que ça n'existait plus ; une Ferrari rouge brûler un feu devant les trois flics à vélo ; un Juif remettre sa kippa en place au milieu du passage clouté ; un adolescent voûté avec un walkman traverser au même moment dans l'autre sens ; une vieille dame avec un chien court sur pattes et un caddie auquel il manque une roue ; une affiche publicitaire pour une lingerie résistant aux lavages à haute température ; une longue file devant un cinéma de quartier, pour un film dont on n'aperçoit qu'un bout de l'affiche qui dit *Mémoires*... ; un panneau de signalisation recouvert d'autocollants, les uns à la gloire d'une politique de préférence nationale, les autres pour signaler la sortie du nouvel album d'une jeune chanteuse de dix-neuf ans ; un enfant d'une dizaine d'années qui hurle de rage, vêtu d'un costume de Spiderman, traîné par la main de son père visiblement patient, ou résigné ; un pigeon blessé à la patte qui tombe d'un arbre.

Il y a tellement d'invités à cette table que personne ne voit ce qui arrive entre eux. Elle n'aura pas eu besoin de le séduire, rentrer dans son jeu aura suffi, bien vouloir rendre compte précisément et objectivement du monde extérieur avec lui aura signé son engagement.

Il avait dit c'est une manie, elle avait répondu c'est un travail, il faut bien savoir où on met les pieds avant de sortir. Ils se sont embrassés dans la cage d'escalier et se sont donné rendez-vous deux jours plus tard, pour une nouvelle séance d'enregistrement du monde.

Elle a appliqué les instructions, dîners, cinémas, terrasses ; un mois plus tard on pouvait dire : elle est tombée amoureuse, elle a rencontré quelqu'un, ça s'est bien passé et elle est restée, en fait elle ne pouvait plus partir tellement elle restait. Il y a maintenant un couple.

Après tout ce qu'elle avait dit il restait à mettre en place une politique pour ce couple, gérer le dedans/dehors. Si on voit bien comment le couple s'installe dans le monde (il suffit d'aller dîner en ville), il est plus difficile de mettre de la vie publique dans l'amour, de conserver au sein du couple un peu d'ouverture, de préserver la dignité de l'intime en le soumettant à la question, en le confrontant à l'extérieur, en faisant peser sur lui le regard vigilant de la communauté. Elle a fait surveiller son couple par l'entourage, elle a demandé à être convoquée afin de rendre des comptes : le couple ne doit pas vouloir la sympathie ou la pitié de la communauté, il doit vouloir être rappelé à l'ordre. Il s'agit de veiller à ce que coexistent par un pacte de non-agression le monde et mon couple. Ce dernier ne doit pas empiéter, je suis, je suis une, je dois être conservée au sein du couple, nous sommes deux, et renvoyée encore plus fort vers la multiplicité, les amis. Pas d'autarcie amoureuse. Coexister et s'observer ; de la diplomatie bien comprise. Se rappeler des règles, il y a des choses qui ne se font pas, « mon amour » en public, un téléphone portable pour deux, goûter son plat avec ma fourchette, poser ma main sur sa cuisse, répondre à sa place.

Il ne reste plus qu'à entourer le couple de fils électriques, à faire l'apartheid de l'intime. Mirador dehors et mirador dedans, le comité de surveillance doit aussi venir de l'intérieur. Comment extérioriser le couple au sein de son propre espace ? Comment ne pas refermer l'étau sentimental, comment ne pas oublier le monde ? Il faudrait politiser l'intimité. Le point de départ : parler en couple, à son couple, avec son couple, non pas bavarder joyeusement comme deux amants mais s'affronter sur les questions mêmes qui nous occupent à l'extérieur. Se mettre à table et jouer franc jeu, ne pas rester vautrés au lit, faire la liste des questions à traiter à l'heure du dîner : les prisons — on veut entrer et voir —, la nudité domestique, l'argent domestique, militer dans la cellule locale du parti, à quoi servent les vacances ; ça nous fera la semaine. Brancher son couple sur le monde, le perfuser sur la place publique, lui faire lire le journal, ouvrir son champ ; ce n'est pas une cellule, ce n'est pas une bulle, ce n'est pas un cocon, un boudoir, un cabinet, une boîte noire, c'est un forum, un amphithéâtre à la maison, avec des sièges très confortables. En fait c'est facile, tu as travaillé toute la journée, j'ai travaillé toute la journée, on se retrouve dans un bar et on parle en buvant une, deux et trois bières. Aujourd'hui c'est revue de presse, on a acheté *Le Monde* et *Le Figaro*, on compare les traitements de l'information, on est plus ou moins d'accord, on remarque une différence de 1,5 point sur les derniers chiffres de la délinquance ; qu'est-ce que nous voyons ? Qu'est-ce que nous entendons ? la même chose ? Si ce vieux sur un banc est un clochard affamé ou un universitaire distingué, si cet ouvrier qui se recoiffe a rendez-vous à la banque ou avec une fille, s'il va pleuvoir, s'ils se battent pour rire ou pour tuer. On voit des choses de la terrasse et on prend des décisions sur ce que l'on voit et sur ce que cela signifie, on tente d'habiter dans le même monde, et après on se tait au moins sept minutes. Il n'y a plus beaucoup de lumière sur cette terrasse, pour une fois elle a mis une jupe, en satin. C'est elle qui donne le rythme, ils se connaissent depuis si peu de temps et déjà elle veut essayer autre chose, sortir du cadre, revenir sans cesse sur ce qui arrive, vouloir nécessairement ne rien faire comme tout le monde. Ils s'embrassent, ils couchent même ensemble, ils se promènent, mais que tout cela fasse œuvre et rupture, c'est la condition. Tout ce qui arrive en amour doit être encadré par des règles, et des ambitions réformistes. Elle rédige un petit manuel qui, chaque jour de fréquentation amoureuse, reçoit de nouvelles considérations ; c'est son journal de bord du couple, pour témoigner qu'on n'a pas été des salopards de l'amour. Un petit carnet de moleskine noire qui tient dans la poche. Aujourd'hui j'ai parlé plus que toi, tu as posé ta main sur ma nuque, j'ai refusé des fleurs, on s'est fâchés au sujet de la couche d'ozone.

Pouvoir faire du couple autre chose qu'une fille et un garçon. Parce que ce qui joue essentiellement au tribunal de la société, c'est cette articulation du masculin et du féminin, des rapports de domination, d'attribution de compétences, d'affectation à force de préjugés et de civilisation décatie : on joue à son sexe, comme la petite fille à la marchande et le petit garçon au pompier. La relation révèle sans détours mon rapport à l'autre sexe, sur le mode du « comment est-ce que je traite mon partenaire », il m'oblige à prendre position sur des questions d'inégalité et de réciprocité. Qui parle ? moi ou lui ? Qui sort le soir ? Qui explique la vie ? Qui pleure ? Qui veut des enfants, un appartement ? Qui fait quoi ? Il faut sans cesse ou déterminer ou casser les rôles, les fonctions, les assignations. La confusion (qui fait la fille ? qui fait le garçon ?) ou la neutralité devraient être les seuls horizons à envisager, d'un camp à l'autre, traverser, retraverser, ne plus savoir où l'on est, toujours en marche, imprévisible, la tête qui tourne, on ne s'accroche plus, on lâche, nous ne sommes plus d'aucun pays, d'aucun bord. Tour à tour masculin, féminin. Le garçon veut un enfant et la fille veut faire carrière à l'Aérospatiale ; la fille boit dans un club de jazz et le garçon l'attend à la maison devant une série sentimentale ; la fille fait de la boxe française et le garçon un cake aux olives ; le garçon rêve de famille nombreuse sur fond de grands espaces vierges, avec des animaux, et la fille habite seule au dix-huitième étage d'une tour à la Défense ; la fille a des amis et le garçon n'en a qu'un ; la fille tient l'alcool et le garçon vomit ; la fille a une moto et le garçon un vélo ; la fille fait des nuits blanches, fume, joue de la batterie ; ils échangent vêtements, coupes de cheveux et discours, ils installent leur camp au milieu ; et au lit la fille est toujours dessus. Mais personne ne conteste ou ne confisque la virilité de l'autre, il ne s'agit pas d'inverser les rôles mais de les brouiller. C'est au prix de cette exigence qu'elle se donne le droit de céder à la facilité, à la stabilité du couple, d'y trouver son compte ; il y a une évidente légitimité à ce désir-là, une urgence de l'amour, mais qui demande de la tenue, de la vigilance, du travail.

C'est écrit sur le petit carnet de moleskine noire, je te fais lire, tu signes en bas à droite, avec la date. Je rajoute que jamais, jamais, on ne doit avoir le moindre contact physique en public. Bien sûr c'est un horizon, une ligne de fuite, je suis pas folle, je suis pas facho, je suis pas assez en forme, pas assez entraînée, mais ça ne doit pas nous lâcher.

Tu dois penser que je vais trop loin, qu'on ne pourra pas tenir cette ligne longtemps, qu'on va s'épuiser à force de discipline, de lois, de principes, que ce sera trop de travail et pas assez de plaisir. Je dis juste qu'on doit toujours faire comme si, comme si c'était la guillotine au moindre dérapage, le peloton d'exécution à la première main au cul. Après on avise, on voit, on navigue à vue, on se relaie à la barre, mais on ne se laisse pas déconcentrer.

Elle a vécu, elle a bien senti que ça l'aidait l'amour. Elle a passé sa féminité honteuse au tamis, il est resté du sentiment, et la force que donne le sentiment. Être en couple la forçait à jouer l'addition garçon + fille, à minauder parfois, mais lui permettait aussi d'inverser les rôles, quand elle montait sur la table et déclarait je suis l'homme de la maison, viens je vais te protéger, je vais t'expliquer la vie, et elle le faisait, jusqu'à l'exaspération. Elle le reprenait fréquemment sur le sens des mots, non pas que ce garçon soit approximatif, mais par souci du dictionnaire, de son autorité en matière de débat. Quand elle voyait qu'une discussion sérieuse s'engageait, elle allait chercher le livre et demandait qu'on définisse précisément les termes employés. Entre eux les controverses n'étaient souvent qu'affaire de vocabulaire, de valeur encore plus que de sens des mots. Est-ce qu'on parle de la même chose toi et moi ? Un jour on est allés trop loin, on s'est retrouvés à chercher « bonheur » dans le Petit Robert, tout ça parce que je contestais qu'un coureur du Tour de France qui remporte l'étape de l'Alpe-d'Huez puisse être heureux ; j'aurais plutôt dit « euphorique » : tenant compte de l'état physique du sportif après les vingt et un virages en épingle et les rampes de quatorze pour cent ; imagine le taux de globules blancs, les crampes, les pulsations cardiaques et les intraveineuses que lui a envoyées le soigneur au départ de la course. Cela étant posé, je considère que les termes « euphorie » ou « ivresse » caractérisent avec justesse l'état du coureur sur la ligne d'arrivée. Mais toi tu as invoqué la dimension spirituelle de la victoire, la satisfaction désincarnée qui sublime le corps meurtri du cycliste. On en est restés là, ça commençait à gueuler.

À la fenêtre, un soir, tu regardais passer les filles et tu avais entrepris de les classer : bonasses, pétasses, pouffiasses, pouffes, salopes, mères. Je n'avais pas voulu laisser passer un tel débordement sémantique ; le Petit Robert a tranché : « Bonasse : qui est faible, d'une bonté excessive par simplicité d'esprit, par peur des conflits. » En conséquence, peut-on affirmer que la faiblesse, la bêtise et la lâcheté d'une femme la rendent sexuellement attirante ? La mollesse est-elle érotique ? Ce glissement de sens me confortait dans l'idée que le sexe devait être parcimonieux. Toi, ça t'avait donné mal au ventre.

Tu te souviens de notre première rencontre ? Il y a eu du désir tout de suite, une attraction, quelque chose de banal en somme, comme tout le monde, comme tous les caniches. On a mis en commun nos insuffisances et on a embrayé. On n'a pas trop mal embrayé, on a voulu se ressaisir, on a refusé de coucher, on a attendu, c'était notre petite victoire, on a fait semblant de se quitter pour décider chaque jour si oui ou non ; je t'ai humilié devant tes amis, tu m'as dit que tu n'avais pas que ça à faire, ça crée des liens. On ne voulait pas être ensemble, lâcher notre indépendance, on prenait des rendez-vous et on ne les honorait pas, on annulait nos rencontres, on se négligeait, on s'inventait des vies solitaires, j'avais déjà tellement de garçons dans ma vie, tu te méfiais. Mais il y a le temps qui passe et qui serre les liens. À force. Ce soir-là je conduisais ta moto, tu étais derrière sans t'accrocher à ma taille, on allait à cette soirée ensemble, pour fêter l'été ; il y avait là-bas une autre fille que tu désirais, un garçon que j'aurais pu épouser s'il me l'avait demandé, on ne se touchait pas, tu voulais quand même que j'aille te chercher des bières, tu laissais des hommes me prendre par l'épaule, et tu ne regardais pas, tu te tenais le plus loin possible pour que je fasse ma vie, pour faire la tienne, tu sirotais comme on dit, j'avais le droit de te frôler en passant, tu observais, on ne rentrerait pas ensemble mais on finirait bien par se retrouver parce que au bout de la nuit, en dernière instance, il y a le lit qu'on habite à deux ; c'est le point final de nos vingt-quatre heures. Ces nuits publiques étaient pour nous l'occasion de plier le couple à sa discipline, chacun avait connaissance de la présence de l'autre, présence charmante, mais qui n'autorisait rien, qui n'interdisait rien. Non pas qu'il s'agisse de se soumettre à l'épreuve de la jalousie en se frottant impunément, ou à celle du dégoût en buvant jusqu'au malaise, mais plutôt d'être soi, lesté de l'autre qui rend plus fort, mais absolument unique au monde, jamais résorbé par aucun engagement, par aucune relation. Hors de notre intimité, celle du domicile conjugal, s'étend un monde de rencontres contre lequel nous ne pouvons rien mais que nous abordons d'autant plus joyeusement que nous sommes, par ailleurs, deux. Il n'y a pas de paradoxe, il n'y a que de l'amour décuplé. Bien sûr il arrive que l'intimité s'épuise, qu'il n'y ait plus d'amour à réinjecter, le public reprend alors tous ses droits et le marché se charge de nous remettre en circulation. Cette nuit-là je dansais, pas toi, tu buvais, pas moi, je tournais, tu étais calé dans un coin de la cuisine, je voulais partir la dernière, m'essouffler jusqu'au dernier disque, tu n'avais pas enlevé ton manteau, tu pensais partir bientôt, après une dernière bière et quelques mots échangés avec un inconnu au sujet de la retraite de Zidane à trente-deux ans ; tu ne me demandais pas l'heure, pas de comptes. Est-ce que Zidane en grand frère protecteur de la nouvelle génération c'est bon pour la future équipe de France ? Tu avais posé la question à la cantonade, tu étais parti quelques minutes après en me faisant un signe de la main, un signe plus gentil que tous les autres signes. Le lendemain on se raconterait la soirée, celle que chacun avait vécue.

On fait nos vies, nos exigences sont grandes, notre lit est grand, et dans ce lit il y a des règles à respecter, des règles de savoir-vivre. Et puis dormir, dormir à deux, mal, encombrés, nus, rassérénés, dans la chaleur des corps, empotés quand ils sont debout et si confiants à l'horizontale. Dormir à deux, l'irréductible du couple, échange de forces.

Ce qui importe : cadrer le fait de s'aimer, l'insérer dans une économie plus globale, plus vaste, qui est l'économie de l'individu dans sa vie. Renvoyer la balle, renvoyer l'amour. Sortir du mythe, ne pas chercher, ne pas penser qu'à ça, mais trouver un partenaire de vie, d'énergie, pour la canaliser, la faire circuler : l'énergie domestique que crée le couple, une grosse usine à recycler ses propres déchets à l'infini, mais aussi une machine à lâcher. Le protocole du couple est à mettre en place, pour un romantisme pragmatique. Que le désir ne me consume pas dans la promiscuité de notre chambre à coucher mais qu'il me jette dehors comme un super-héros. On a dîné ensemble dans la cuisine de notre deux-pièces peint en jaune, tu m'as serré la main, tu m'as lu à voix haute les dix premières pages d'un polar de Manchette, et voilà je suis forte, je peux sortir, m'expliquer avec le monde ; j'ai des comptes à régler avec un vieil ami qui m'accuse d'avoir voté communiste aux dernières élections, sous prétexte que c'est le seul parti qui a inscrit un projet culturel à son programme.

S'abandonner mais se tenir, se glisser dans ses bras mais dire pourquoi, demander un baiser et puis s'enfuir, revigorée. Parce qu'il soulage le couple, permet une vie sociale plus sereine, plus assurée ; ce n'est pas le moindre de ses mérites. Pour un temps, une poche régressive, une salle de repos, qui donne les moyens d'assurer ailleurs, de garder bonne contenance, de répondre aux provocations de ses amis, de batailler ; là où la vie publique ne nous lâche pas. Se faire insulter par le monde, être sommé de répondre à la justice, à la police, à l'école, à ses amis, à sa famille, se faire virer d'une entreprise ou d'un bar et avoir la force de répondre. On me demande mes papiers, on me demande de me justifier, on me surveille, on m'interpelle comme ça, pour vérifier, on ne sait jamais, on me demande de faire mes preuves, de pointer, de prouver ma rentabilité, mon utilité, de remplir des formulaires, de réussir là où le plus grand nombre réussit, d'être à la hauteur, combien de mètres ? et il me faut la force de répondre, il me faut l'espace pour me reposer. Je suis fille, fille à venir, et ce sont les filles qui, essentiellement mais pas exclusivement, se ménagent cet espace transitionnel ; bien sûr ce n'est pas leur faute, il faut voir ce qu'elles se traînent comme privations. Un jour elle sera tout à fait virile, tout à fait forte, une guerrière, dans un avenir qui n'aura plus besoin du féminisme, dans un avenir qui autorisera une fille à être dans le flux de la vie sans se faire traiter de pute. C'est quand ? C'est peut-être jamais. En attendant on a le droit d'avoir peur de crever de solitude, de vouloir du confort, de la tendresse, d'être malheureuse, faible, de vouloir être regardée, de ne pas être un héros, un surhomme ou un martyr. On peut vouloir le couple comme une exigence de vie minimale, une dignité, un RMI de l'amour, une CMU des sentiments, on peut accepter la violence partout sauf là, sauf en amour. Le couple est salvateur parce qu'il gère les insuffisances, les carences, satisfait le corps désirant et le moi social, pose son homme et propose à chacun de vider son sac. Ici se tracent les limites de ma virilité, ici je récupère mon statut sexuel initial, mais il reste cette tension par laquelle je poursuis mon devenir mâle : je n'oublie pas le monde. Elle cherche le compromis, pas celui qui ne tient pas, le tiède et le bancal, mais celui qui assure la paix, sa pérennité et son consensus dur.

Elle l'aime encore, elle tient sa ligne, elle lâche du lest, elle reprend, et avec le temps il arrive quelque chose, du coup. Ce n'est pas de mon fait, c'est seulement de la durée, mais je vois bien que les couples sont aussi, ponctuellement, des histoires d'amour, de la fiction, de l'événement, de la météo pour faire rêver les petites filles qui ont bien le droit de rêver. Je suis en couple et c'est comme si je dansais éternellement sur du R&B, une mélodie sentimentale et sucrée qui balance, et qui se fout un peu du texte parce que la vraie histoire c'est la musique, le rythme, le slow qui me tient debout. Danser, être le roi du monde, avoir confiance, avoir la foi, avoir un corps, être sur scène. Si être en couple c'est insulter le possible, c'est aussi prendre acte du réel, de la réalité du désir, le désir de danser ; le couple est la musique qui me garde debout. On le sait bien, l'essentiel c'est de danser. Tu as vu mes yeux de chien battu ? J'ai écouté trop de chansons, j'ai vu trop de films.

Vivre son couple comme un clip sur la chaîne musicale qui te fait lever le matin ; le versant sentimental, pas celui des magazines féminins et des performances sexuelles valorisantes, mais celui des bonnes chansons qui préfèrent la joie sans mélange aux violons emphatiques. Si le couple me donne le confort et l'énergie nécessaires c'est aussi parce qu'il est une romance, une fiction qui me fait croire, en secret, que je suis la star d'un clip au soleil sur la côte Ouest. Sauf que c'est moi dans la grosse voiture avec la chaîne en or et toi à poil au bord de la piscine. On est progressistes. Ainsi je n'ai plus peur de rien. Tout ça doit bien entendu rester entre nous.

Voilà le couple, une assurance-vie, des règles pour le quotidien, des règles pour la vie publique, à deux sous le même toit, séparés à l'extérieur, sans cesse des allées et venues, une partition impitoyable entre le monde et nous, une ritualisation qui ne déborde pas.

Ce soir on dîne à deux dans des assiettes en carton, avec des couverts en plastique, pour éviter la vaisselle, trop sexuée ; on boit du vin dans des verres en cristal, la nappe est en papier, il y a des bougies.

On mange des pâtes, avec plein de petites choses comestibles dedans. On s'installe côte à côte, on éteint tout — télé, musique, lampes, téléphones —, on est vêtus, chaussés, les chaussons sont interdits.

On ne se touche pas en mangeant, on ne s'embrasse pas en mangeant, on se tient bien, comme chez une vieille tante de province que l'on redoute depuis l'enfance, on se demande poliment le plat, on se complimente sur le choix des ingrédients.

Il est vingt heures, on aura fini à vingt heures quarante-cinq.

On a le choix : parler ou se taire.

Elle se tait et il respecte son silence. Elle l'avise gentiment, lui sourit, lui demande de commenter ce qu'il voit par la fenêtre qui lui fait face. Une très vieille dame en noir, comme une veuve corse ou portugaise, voûtée, elle doit faire un mètre cinquante, sans canne ni cabas, elle interpelle une contractuelle en train de verbaliser une camionnette de livraison, on n'entend pas ce qu'elle dit mais elle semble contrariée. Au moment du café elle lui donne un article à lire sur les inégalités entre les sexes, il est daté du 3 juillet 2004, elle ne dit toujours rien, il lit. Selon les dernières mesures on compte 7,9 % de chômeurs parmi les hommes et 10,1 % parmi les femmes ; ces dernières toujours perçues par les employeurs comme « potentiellement enceintes » se voient préférer des hommes ; elles forment également 80 % des *working poors* — ceux qui travaillent pour un salaire inférieur au SMIC — et reçoivent, toutes choses égales par ailleurs, un salaire inférieur de 10 à 15 % à celui des hommes ; en 1999, 48 000 femmes ont été violées en France et 10 % ont subi au sein de leur couple des violences physiques ou psychologiques ; à l'Assemblée nationale, au soir des législatives de 2002, on trouve 12,3 % de femmes dans l'hémicycle, l'UMP et le PS ayant préféré recevoir moins d'argent des pouvoirs publics plutôt que de féminiser leur représentation. Qu'est-ce que tu dis de ça ? Il lui montre un album de photos acheté l'après-midi même : des images de femmes russes, depuis 1953 ; des babouchkas ployant sous les sacs de pommes de terre ; des prostituées aux joues veinées de rouge, alcool et froid ; des sages-femmes radieuses tenant à bout de bras des bébés emmaillotés, nés sous l'étoile soviétique ; des militaires blondes et glorieuses ; des kolkhoziennes en bottes, affairées aux champs ; des mères de famille nombreuse, bardées de médailles ; autant de femmes communistes, idéal féminin du vingtième siècle. Qu'est-ce que tu dis de ça ? Échange de conditions féminines. Ils restent un temps en silence.

Et puis elle se met à parler et il lui répond, ou non. On se fait la leçon : à leur dernier repas il lui avait expliqué les différentes voies possibles pour la réforme de l'assurance maladie ; aujourd'hui elle lui raconte comment un pilote d'avion de chasse peut s'expulser de son cockpit en moins de trois secondes et être éjecté à une hauteur de cent cinquante mètres, distance nécessaire à l'ouverture de son parachute. Tu crois qu'on est un couple de droite ou un couple de gauche ? qu'on est plutôt punk ou disco ? lancer de javelot ou tennis de table ? Nos positions sexuelles elles sont strauss-kahniennes ou quoi ? Il ne se moque pas mais ça le fait rire.

Dis donc gros con t'as pas lavé ton verre, tu crois quand même pas que c'est moi qui vais le faire ? Tu m'échanges un tour de lavage de verre contre ce tee-shirt AC/DC que tu adores ? Va mourir. On se demande des nouvelles, tu fais quoi en ce moment, t'aimes qui, tu vois quoi, tu entends quoi ? À la fin du dîner elle sort pour un verre, il ira se coucher.

Dehors elle retrouvera les *boys,* ils feront la tournée des bars, ils parleront de foot, du recrutement par Liverpool de Djibril Cissé, elle n'aura pas d'avis, fera dévier la conversation vers l'escrime, les différentes zones de touche au fleuret, à l'épée et au sabre, et pourquoi les

Français sont-ils les meilleurs dans cette discipline ? À quatre heures et la fermeture du dernier bar les avis divergent, héritage des mousquetaires pour certains, tradition du film de cape et d'épée pour d'autres, esprit guerrier, panache, désuétude, conservatisme, nostalgie de l'aristocratie princière, chacun a son avis sur la chose, la discussion est sérieuse. On finit dans un appartement, la question n'est pas tranchée, et à la faveur d'une nouvelle bouteille — changement d'alcool — on change de sujet. Comme toujours on se fâche mais ce soir avec plus de violence encore. Ces garçons-là tranchent parfois avec cruauté, les disputes peuvent être définitives, la brouille est toujours possible, elle advient parfois, c'est le prix de l'intensité. Elle n'aime pas ça. Ce soir il y en a un qui ne reviendra plus, un interlocuteur tombé au champ d'honneur, un soldat dont on se prive, elle ne voit pas l'intérêt, elle a ses limites, pas eux. Fierté, orgueil, intégrité, honneur même, les mots sont graves, parfois si lourds qu'ils tombent à terre comme des pierres tombales qu'on ne pourra plus déplacer. Mais qu'est-ce qu'il a ? Pourquoi il part comme ça ? Il s'est prononcé en faveur de l'exclusion définitive des filles voilées, mais contre celle des élèves convaincus d'antisémitisme, qui ne savent pas ce qu'ils font les pauvres ; tout le monde lui est tombé dessus.

L'orage passe, on écoute des disques, on fait un *blind test*, sélection rock, en moins de quinze secondes donner le titre de la chanson, le nom de l'interprète, le titre de l'album et l'année. « Killing an Arab » de Cure, album *Boys don't cry*, 1979 ; « Up the bracket » des Libertines, album éponyme, 2003 ; « Girls and boys » de Blur, album *Parklife*, 1994 ; là c'est elle qui a trouvé, mais désormais elle leur fait face sur le canapé, un peu minable, il est tard et elle tremble, prise par une nausée subite ; elle rêve d'un cachet et au lit, il ferait chaud, on ne viendrait pas lui parler. Je m'en vais, j'aurais bien discuté encore mais cette nausée qui m'en empêche ; le jour va se lever, elle s'assoit sur un banc, elle sait que quelqu'un l'attend dans son lit, qu'elle a cette chance, si l'on veut, qu'il est très chiant mais pas du tout regardant. Elle s'endort sur le banc, en chien de fusil, il est six heures, encore une nuit qui te flingue la journée. Elle se réveille vingt minutes plus tard, une boulangerie a ouvert, un café a ouvert, il faudrait qu'elle rentre avant sept heures. Elle est au comptoir, il y a un autre homme, un ouvrier, pas de doute. Elle se met à pleurer tranquillement, pas à cause de l'ouvrier, à cause de la fatigue, à cause de la nausée. Le serveur et l'ouvrier font mine de ne pas voir. Elle a commandé un café, ça va mieux. Parfois elle se dit qu'elle pourrait tout aussi bien arrêter ces nuits blanches qui ne lui laissent que peu de parole, rester chez elle devant un DVD, regarder aussi les bonus, cuisiner des œufs au plat, s'endormir devant le journal de la nuit, prendre un bain, attendre qu'il rentre, et avoir acheté des bières. Tu veux un massage ? Je ne tiendrais pas trois jours, mais deux jours ce serait bien. Elle se glisse dans le lit, elle n'arrive pas à dormir, le *blind test* l'occupe encore, elle tente des associations entre les disques entendus et des films vus : « Girls and boys » de Blur avec *Boy meets girl* de Leos Carax, non, c'est nul, plutôt avec *Une femme est une femme*. Quand elle l'avait vu la première fois elle s'était dit c'est ça, c'est exactement ça, on y est. 1961 pourtant, regarde Anna Karina, regarde comme c'est drôle de s'aimer, regarde la femme moderne, la femme libérée, la femme qui chante avec une bassine sur la tête avant d'aller coucher avec son amant pour qu'il lui fasse un enfant, une femme libérée c'est une femme qui rigole, voilà tout. Et le mari trompé qui tempête à peine, « on ne sait pas si c'est une comédie ou une tragédie, mais en tout cas c'est un chef d'œuvre ! », et de se mettre à chanter lui aussi : ça fait tititatati. Jean-Claude Brialy à bicyclette, pédale autour de la table du salon, parce qu'on pense mieux en pédalant, parce qu'on regarde le monde avec la bonne distance, une distance circulaire mais qui ne tourne pas en rond ; Angela laisse le dîner brûler dans le four, rit aux éclats, se fâche au même moment, et tout en même temps pleure et se bagarre, et tout ça c'est pour rire, c'est pour jouer, c'est pour inventer, sans rancune, sans états d'âme, sans d'autre souci que de faire tourner sa vie. Regarde ça surtout, les deux au lit, qui se lèvent, se couchent, se relèvent boudeurs et déterminés, ils sont fâchés, vont chercher des livres dans la bibliothèque, se recouchent les bras chargés, brandissent les couvertures écornées, en silence, plutôt que de se jeter à la tête de tristes mots ressassés. S'insulter à coups de romans sentimentaux, pour réinventer l'amour et les fausses fâcheries qui l'alimentent. Ils jouent, il n'y a rien d'autre à faire que jouer en couple.

Réveille-toi, viens on va regarder ce film.

On en est où ? On en est où des garçons ? des filles ? Où passe la ligne entre les sexes ? entre les camps ? On pourrait tracer une généalogie de la virilité ; il y avait eu le père, il y avait eu l'âge tendre des copines à tête de bois, et puis les garçons qu'elle défendait contre le reste du monde, contre la délicatesse des humanistes, des féministes ; il y avait eu les procès pour misogynie, et un jour il y avait eu plus précisément un garçon. Une histoire d'amour qui l'obligea à récupérer, renier, abandonner puis déplacer sa féminité. Si je fais une pause, j'en fais quoi ? Qu'est-ce que je pouvais remettre en jeu ? Convoquer les forces en présence, garçons contre garçon, moi au milieu, on verra si la virilité m'a faite femme, si ma voix porte au-delà d'une nuit d'alcool, si l'amour est viable, si les amitiés restent impitoyables.

Dedans, dehors, on ne mélangeait pas, c'était

un principe, le plus dur, le plus inébranlable. Mais on avait dit *faire surveiller sa vie sentimentale*, il était temps de rendre des comptes.

Ce soir on sort, on se montre, on laisse venir, soirée panoptique, je t'emmène dîner dans ma vie, nous deux au milieu des *boys*, juste une fois, voir ce qui arrive, voir si c'est l'accident. Elle n'est pas tranquille, il faudrait gérer bien sûr, il faudrait se méfier de la lourdeur des hommes, à moins qu'ils ne soient subtils, il faudrait le convaincre alors qu'il s'accommode parfaitement de cette partition. C'est pour l'expérience, c'est pour la science.

Eux s'en réjouiraient d'avance, se gratifiant avant l'heure de bons mots éventuels, intrigués par l'audace, impatients d'en découdre. Lui hésiterait, convaincu de l'incongruité de la chose ; elle serait pétrifiée à l'idée qu'on la démasque : garçon ou fille ? Pour cette fois on avait d'emblée exclu la possibilité d'une *sad hour*, il fallait être raisonnable et circonscrire l'événement à sa stricte dimension expérimentale. Mercredi soir, vingt et une heures, pas de saison, restaurant italien sur un grand boulevard, menu à vingt euros. Ils se présentent en avance, ils sont venus à pied, ils n'habitent pas loin, ils se tiennent à distance, elle lance des regards mauvais aux couples qui se prennent, par la main, la taille, les fesses, les épaules, partout où ils peuvent se prendre, s'accrocher alors même que, ostensiblement, ces positions artificielles les empêchent d'avancer avec efficacité, de traverser la rue, d'éviter les passants, les panneaux, les abribus, les poussettes. Comme ils ont l'air empotés, comme rien n'est plus inconfortable que ce bras glissé sous cet autre bras et qui tente d'atteindre l'épaule de l'être aimé, mais sans doute ne doit-on jamais cesser de montrer, produire son amour, la réciprocité et l'intensité de son amour, livré à même la rue, sous la lumière des réverbères. Ce soir je me sens cruelle. En avance, ils commandent des bières, avec des olives, assis chacun à un bout de la table, légèrement de biais afin d'éviter le face-à-face. Ils sont bientôt sept. Les garçons saluent, leurs attaques sont d'abord polies, attentionnées, préparation du terrain, on ratisse large : raconte-nous votre rencontre, et avant, ta vie, les filles, et maintenant qu'est-ce qui a changé. Le vin arrive. Il répond avec gentillesse et précision. On s'est connus etc., avant pas d'histoires, solitaire, travailleur, misanthrope, cette fille me plaît, j'aime son indépendance etc., j'apprends, je vois bien qu'il y a des choses à apprendre, des progrès à faire, une virilité à tempérer, pour lui en donner un peu, elle n'est ni belle ni moche mais je la trouve belle, je veux me soumettre à la loi d'une fille, la loi qui dit chacun sa vie etc., je veux la loi, le respect, l'égalité, je suis l'ancien oppresseur qui désormais calme le jeu et ne supporte plus la vue des opprimées. Il n'a pas repris son souffle, boit son verre de vin d'un trait, ne le reprend toujours pas, et souffle enfin, un sourire. Comme elle il n'est ni beau ni laid, mais brun aux yeux noirs, soigné, en jean, taille moyenne, corpulence moyenne, cheveux mi-longs, lèvres si fines que le moindre mot articulé les aspire et les fait disparaître. Il y a un silence, elle ne dit rien, soulagée ; la grâce du silence s'épuise et les garçons se mettent alors à parler entre garçons ; de sujets très spécifiques, très pointus, de ces sujets qu'on lâche si l'on n'arrive pas à se tenir à l'extrémité de leur pointe : l'exercice du pouvoir souverain par les Irakiens, la ligne de basse du dernier album de Muse. Au plat principal le vin lui monte à la tête, elle ne s'habituera jamais ; il boit pour elle, il tient bien l'alcool, ça la rassure, il en sera d'autant mieux considéré. Alors qu'arrive sur la table la huitième bouteille de vin, et qu'elle garde toujours le silence, il voudrait profiter de l'occasion pour en savoir plus : elle est comment ? Dehors, dans le monde, avec vous, elle est comment ? Ah mais non ça c'est secret. On va te le dire comment elle est, elle est comme avec toi mais sans les parasites du couple, sans les plaintes, sans les états d'âme, sans les maux de tête, de ventre, de cœur, sans les douceurs, sans le réconfort. Seule au monde, suffisante, sans histoire, sans passé, et méchante comme elle doit être méchante avec toi.

De l'autre côté de la table on est repartis sur d'autres sujets, sortie de route. Ce dîner, était-ce bien nécessaire ?

À l'heure du dessert chacun a pris ses positions, celui qui lui remet sans cesse à boire sur un air de camaraderie virile, celui qui l'interroge l'air de rien, c'est quoi ta musique préférée, celui-là on sait bien ce qu'il a en tête, on sait bien que si on aime la chanson française on est mort, on est un nazi. Elle sort de sa torpeur, besoin de parler, un discours sur les rapports entre les sexes, c'est l'occasion, tout le monde est là. Cling, cling, cling, trois coups sur le verre à pied, debout, fait silence, gorge raclée, se rappeler deux ou trois choses, dans l'ordre : le couple prive un peu plus les filles d'une parole déjà confisquée, pensez-y ; les couples socialement mixtes s'imposeront des dîners chez leurs beaux-parents respectifs, afin d'apprendre les codes adverses, de raviver puis d'éteindre la lutte des classes, de comparer la nature des ingrédients culinaires choisis ; le garçon jaloux embrassera une fille quelconque devant sa copine ; la fille effacée s'adressera jusqu'à l'aube à une assemblée de garçons loquaces sommés de se taire ; le mariage sera célébré à Las Vegas ou à Notre-Dame ; les enfants seront plusieurs ou ne seront pas, on les enverra en colonie de vacances dès l'âge de quatre ans, mais le mieux c'est encore de ne pas en faire ; le prochain grand chantier politique national imposera trop de femmes partout, en politique, dans la finance, dans les cinémas pornos, pendant au moins cinq ans, afin de réparer les dommages passés ; ce samedi après-midi sera découpé comme suit : 60 % pour soi, 30 % pour le couple, 10 % pour l'autre, geste totalement désintéressé et totalement amoureux.

Il y a quelque chose à voir, un couple à table, deux individus qui ont pensé à ce que leur cellule dit de la société tout entière. Ils s'entendent sur le fait que la plupart des autres couples sont des modèles politiques réactionnaires qui dînent chez leurs beaux-parents parce que c'est convivial, bien naturel et sympathique. Des garçons qui sortent voir le match chez un copain, des couples qui hésitent entre le Pacs et le mariage, des filles qui font une cuisine saine, rapide et équilibrée, des garçons qui prennent du ventre mais c'est très mignon ces bourrelets, mais, mais, mais, des filles dans la salle de bains, des garçons bordéliques, des couples à la mer, des couples en rollers, des filles, des garçons, des couples, des signes, des cauchemars, des comme de bien entendu. Le couple est à réinventer, pas de doute là-dessus. Digestifs pour tout le monde, c'est ma tournée.

On se quittera bons amis. Elle leur en voudra un peu, de leur parole si forte, de cette parole qui renvoie dans leurs buts, chez leur mère, tous ceux qui ne la maîtrisent pas ; pas de place pour les bègues, les autistes, les taciturnes, les économes, les circonspects. Et pourtant elle est d'accord, elle aime ces discours qui la tiennent éveillée ; trop peur de souffrir les discours indigents qui sortent de la bouche des supermarchés, de la bouche des journaux télé, de la bouche des magazines branchés, de la bouche des radios libre antenne, de la bouche des dîners de famille, de la bouche des salles d'attente, de la bouche des machines à café, de la bouche des pots de départ, de la bouche des supercopines à la vie à la mort. Ce que j'aime c'est vos bouches qui ne laissent rien tranquille, et sa bouche à lui, pour l'embrasser et qu'il me dise on va mettre cette carte de France au-dessus du lit et tous les soirs avant de dormir on choisira un village, et on inventera le nom de ses habitants et de son club de foot. Moyaux, en Normandie, les Moyens, le Radical Football Club.

Quand ils ont quitté le restaurant tous les deux, elle a dit ça s'est pas trop mal passé, il a regardé ses pieds.

Un mois après, la carte de France était toujours fixée au-dessus du lit, tous les soirs on choisissait un village, parfois on était trop fatigués, pas d'inspiration, et on reportait au lendemain. Et puis on reportait de plus en plus, ce soir pas de village, pas de désir.

Un autre mois a suffi pour qu'il cesse de l'aimer, pour qu'il désire radicaliser sa position. Elle avait ouvert la voie, elle l'avait converti à la femme virile, il avait intégré le nouvel ordre sentimental, il partait de loin et déjà il touchait la ligne d'arrivée. Et après, qu'est-ce qui se passe ? Il en voulait encore plus, plus d'inversion, plus de distance, plus de maîtrise, plus de force, plus de hauteur, plus de virilité pour elle, plus d'humilité pour lui, marre d'être rassuré, marre du confort bourgeois. Il lui a dit j'en aime une autre, c'est grâce à toi. Elle a considéré toute l'ingratitude de la vie.

Grâce à toi, ça veut dire quoi ? Il fallait répondre à cette question avant de pleurer.

Grâce à moi parce que j'ai été trop rigide et qu'il n'était pas prêt ? Grâce à moi parce qu'il a pris la confiance, parce qu'il a cru qu'il était l'élu et qu'il ne lui restait plus qu'à sauter sur la première greluche venue, afin de prêcher la bonne parole ? Grâce à moi parce que désormais il y voit clair dans un monde binaire, à ma droite des intellectuelles qui font la gueule, à ma gauche des bimbos tout sourire ? C'est qui l'autre, c'est ma meilleure amie, alors c'est grâce à moi ? Mais je ne lui ai présenté personne, et je n'ai pas d'amies.

Il lui a laissé la carte de France, il la quitte pour une autre ; elle s'est dit une pétasse forcément, une fille soumise et radieuse qui ne lui tiendra pas tête, une fille sexy et gentille qu'il emmènera à la campagne, une fille qui a plein de copines avec qui partir au Club Med, une fille qui a un tout petit chien, une fille pleine d'admiration, pleine d'envie, pleine de trucs et de machins qui sentent le désir de vivre, une fille qui ne rentrera pas trop tard. On ne s'était donc pas compris, l'homme reprenait ses droits. Du plus fort. À occuper la place du deuil amoureux, elle récupérait à nouveau cette féminité honnie ; je suis la femme quittée.

En *sad hour* elle a songé à l'alcool pour noyer l'amertume, elle a vomi rapidement, elle a pris sur elle. On l'a consolée, on lui a prédit d'autres repos, d'autres hommes, d'autres progrès, on a vanté les mérites d'une séparation, le grand bond en avant, continuer la tâche. Que du formel. Elle voulait la voir.

Le réveil a sonné à huit heures, seule dans son lit, elle roule et se laisse tomber sur le sol, sac de plâtre. Elle n'est ni moche ni belle mais au réveil plutôt moche, elle dort nue, l'hiver aussi mais c'est un sacrifice, ce matin elle ne boit pas de café, plutôt de l'eau gazeuse. Elle met la radio, toutes les radios, elle ne sait pas comment s'habiller, que tout ça finira en jean, elle se lave les cheveux comme tous les matins pour qu'on puisse lui passer la main, si jamais quelqu'un se présentait qui voulait lui passer la main dans les cheveux. Ce n'était pas prévu, il y a un garçon dans le salon, elle a sursauté mais sans bruit, un garçon assis sur le bord du canapé, un garçon qui doit avoir les clefs, et si ce n'était pas lui, oui c'est lui, celui qui se lève toujours le premier, qui ne se promène pas tout nu, qui allume sa première cigarette à la page Relations internationales de son journal. Tu es revenu ? Je suis repassé.

Je voudrais te présenter quelqu'un. Elle ? Non, lui. Elle est virile à ce point ? Non, lui, je veux te présenter un garçon, un garçon à former.

Je voudrais que tu formes un garçon, un garçon très jaloux, un garçon qui veut savoir avec qui sa copine va dîner, un garçon qui donne sa main moite dans la rue, un garçon qui aime la vulgarité des filles en bottines mais pas la vulgarité des filles qui boivent, un garçon qui adore les petits plats préparés avec amour, un garçon qui pense que les filles n'aiment pas le foot mais qu'elles sont toutes folles de Lizarazu, un garçon convaincu que les hommes viennent de Mars et les filles de Vénus.

Qu'est-ce que tu veux que je fasse avec ce pauvre type ? Que tu lui apprennes la vie, comme tu sais faire, à petits coups secs sur la nuque. Tu sais, le coup du lapin ; être féministe c'est faire le coup du lapin aux hommes, comme ça par surprise, la nuque brisée par la lutte des femmes. L'égalité des sexes pour leur faire baisser la tête.

Mais ce n'est pas ça mon problème, je ne veux ni l'égalité ni la guerre des sexes, je veux un seul sexe, le sexe viril, univoque, interchangeable, je veux que tout le monde relève la tête. Comme si toi tu n'avais pas pitié de moi, comme si moi je n'avais pas de revanche à prendre, comme si plus aucune fille n'avait besoin de dire à un homme je t'emmerde, comme si plus aucun homme ne pensait dans un sourire tiens, aujourd'hui c'est la Journée de la femme. Je ne veux plus de garçons et de filles, je ne veux plus de cow-boys et d'Indiens, plus de colons et de colonisés, je veux un seul camp ouvert à toutes les fictions, à tous les transferts, un camp à rebours des identités sexuelles, pour y mettre tout le monde, sous la seule égide de la force, de la volonté, de l'intelligence, de la parole, de la virilité, c'est-à-dire non pas la domination masculine — j'ai pas dit masculin, j'ai dit viril — mais la puissance pour tous, sans distinction, sans héritage, sans territoire.

Tu vas voir, il est brun aux yeux bleus, il a même un tatouage sur l'avant-bras, un motif ethnique, tu vas adorer. Il t'attendra au café d'en bas à partir de dix-huit heures, je n'ai pas su te décrire physiquement, tu n'es ni belle ni moche, moi je te trouve belle, mais bon. C'est toi qui le reconnaîtras, avec sa tête de mec honteux qui veut changer de vie, tu ne peux pas le rater. On s'est connus dans un restaurant, il avait besoin de parler après avoir cogné sa copine dans un accès de jalousie. Il veut se racheter, il veut qu'une fille lui fasse mordre la poussière. Tu sais tout, je t'embrasse — il a lancé un baiser du revers de la main —, je te laisse. Et il est parti comme ça, laissant le sac de plâtre au milieu du salon, sans voix. Il a abandonné ses clefs sur la table de la cuisine, il devra donc sonner pour revenir, il ne reviendra pas, il déteste sonner. Elle ira à dix-huit heures : elle n'a rien de mieux à faire, elle peut rendre service.

Elle arrive dix minutes en avance pour le guetter, il est déjà là, il a dû y passer la journée, on ne pouvait pas le rater, tête de coupable, tête de macho, tatouage ethnique, un masque africain sous les poils de l'avant-bras. Assis sur un tabouret haut, au bout du comptoir, son cuir jeté à ses pieds, la trentaine assurée et bonhomme. Elle s'avance, c'est moi qui suis chargée du redressement de ta personnalité ; le large sourire qu'il lui adresse en retour promet beaucoup de bonne volonté. Enchanté. Mauvaise entrée en matière, passons-nous des formules de politesse, je sais tout, inutile de m'expliquer ta vie, tes errances, ton sentiment de supériorité mêlé à un sentiment de culpabilité, qu'est-ce qu'on boit, c'est moi qui t'invite. Un Martini blanc sans glace, un demi, reste sur ton tabouret, on est mieux au comptoir pour parler, on fera profiter tout le monde de notre conversation, si des gens veulent se joindre, tout le monde est concerné. Il a cessé de sourire, il pleure, il crache ses méfaits à toute vitesse, elle sait tout mais il lui raconte quand même, qu'il a cogné, qu'il a toujours méprisé les femmes sous couvert de vouloir les protéger, que les mains aux fesses lui donnent une satisfaction qu'il ne saurait nommer, que les femmes sont sensibles et les hommes lâches, que c'était sa petite femme à lui, il renifle, que ça l'ennuie qu'elle revoie ses ex, que les femmes au volant, en politique, dans les affaires, on a beau dire, la parité, tout ça, c'est un coup marketing. Il s'interrompt pour boire une gorgée. Rien qu'on ne sache déjà, que du déchet, rien où s'accrocher, qu'est-ce qu'on va faire de toi ? Il pleure toujours. Je voudrais qu'on vive ensemble, juste une semaine, je serais sous tes ordres, on inverserait les rôles, tu serais une femme de tête, une femme à poigne, j'apprendrais à te parler d'égal à égal, je serais plein d'admiration, on regarderait le foot ensemble en vidant des cannettes, une fois vidées tu les jetterais contre le mur et je trouverais ça beau et plein de charme, tu pourrais me corriger, refuser mes avances, rentrer au petit matin avec un air secret, tu serais beaucoup plus belle et beaucoup plus intelligente, je serais un minable, tu n'aurais jamais peur de rien ; j'en crève à force de conservatisme, de machisme, ma main sur sa tête au moment de la fellation, je la dirige, je n'arrive même plus à ne pas lui attraper les cheveux pour accompagner le mouvement, j'ai vu trop de films pornos. Ce n'est pas le problème. Ce type est dérangé, il n'arrête pas de pleurer, je ne peux rien pour toi, je ne suis pas une kapo féministe qui soumet les hommes pour les voir expier leurs fautes, je ne veux pas que tu paies, ce n'est pas moi qui tiens le tiroir-caisse ; aime une fille, invente une vie à deux, une vie juste et exemplaire. Si on était tombés amoureux, là, au premier coup d'œil, dans un café, on aurait pu essayer quelque chose, si on avait eu envie de s'embrasser, tout aurait été possible, mais tu vois bien qu'il ne se passe rien entre nous ; je ne sais pas ce qu'on t'a raconté ou promis mais pour le moment je ne travaille qu'à mon compte, si tu veux être bénévole à SOS Femmes battues pour te soulager tu n'as pas besoin de moi, si tu veux devenir un garçon vigilant qui considère que le couple est une question sérieuse, mets-toi au travail.

Le malentendu n'est pas dissipé, il insiste, assure qu'il la trouve très jolie, lui prend la main, de l'autre elle paie les deux verres, il est dix-huit heures trente, elle se dégage et abandonne le misérable. Si on lui avait demandé son avis sur cette rencontre elle aurait répondu je ne sais pas quoi en penser et elle n'aurait rien ajouté d'autre.

Elle savait que comme il avait laissé ses clefs sur la table de la cuisine et qu'il détestait sonner, elle ne le retrouverait plus assis au petit matin sur le bord du canapé avec d'autres idées saugrenues. Ils ne resteraient pas amis, mais en bons termes, ils ne se croiseraient que par hasard, par inadvertance, mais elle n'attendrait pas une rencontre fortuite pour connaître celle qui avait saboté son grand projet, un grand projet pour l'amour, un grand projet pour la femme. Les guetter, les suivre, les prendre en filature, téléobjectif et carnet de notes pour consigner leurs promenades, leurs manières odieuses de s'enlacer au feu rouge, elle serait blonde, poserait sa tête sur son épaule, jeune fille en fleur, ils longeraient les bords de Seine, s'embrasseraient sous les ponts à la nuit tombante, mangeraient des glaces sur l'île Saint-Louis, se mettraient soudainement à courir en riant, s'éclabousseraient dans les fontaines, il lui offrirait un petit livre relié trouvé chez un bouquiniste, des poèmes de Lamartine ; elle les suivrait en ricanant, rasséréné. L'idée de la filature était séduisante mais pas loyale, elle l'abandonna.

Le hasard fera les choses.

Confiante dans les promesses de la solitude retrouvée elle augmenta encore le rythme de sa vie sociale ; elle était à nouveau tout entière vouée au dehors, abandonnée à sa publicité, sans restrictions, sans précautions. Elle sortait, elle ne quittait plus les garçons, les nuits s'enchaînaient comme autant de cycles de combustion, en surrégime permanent, pourtant elle ne flambait pas plus, ne se jetait pas dans l'alcool ou le sexe, mais s'efforçait d'amplifier ses pratiques amicales, productives. Le rituel ne variait pas, de bar en restaurant, en bar, en appartement, on restait ensemble, agrégés, on ne regardait plus l'heure, rien de mieux à faire, avant, après, personne d'autre au monde ; on arrivait seul, nu, sans famille, aucune obligation personnelle ne pouvait tempérer la nécessité de se retrouver pour parler et boire, boire comme adjuvant de la parole. L'amitié comme sacerdoce nocturne. Serrés autour d'une table de bistrot, quatre garçons, une fille, un fond de salle, douze verres sur la petite table ronde, des fonds de verre, parler, parler, de tout ce qui nous passe sous la main, vous avez entendu l'histoire de ce photographe qui voulait faire une image du pape à Lourdes, il était loin, au téléobjectif, dans le viseur le vieillard éreinté et malade, un tas de bouillie, un parchemin sans vie, il était à cinquante mètres au moins, et là, à cette distance, il voit, toujours dans l'objectif, la tête du pape qui se tourne vers lui et l'œil bleu, qu'on croyait éteint, qui le fixe intensément, un œil brillant, rieur, vif, un œil qui pétille comme s'il allait prendre feu, le type a lâché l'appareil, tétanisé, incapable de prendre la photo. Ignorer que le bistrot ferme, que les lumières sont baissées, que le rideau de fer est tombé, s'être lié avec le patron, indulgent, qui accordera du sursis à la jeunesse, sursis de temps et de bière. Cette nuit-là se prolongerait dans un appartement anonyme, on savait vaguement que s'y trouveraient des connaissances qui auraient quelque chose à fêter, alors on s'y rendrait.

Et le hasard a fait les choses.

À peine arrivée on lui a dit tiens regarde c'est elle. C'est donc elle, pas comme elle l'imaginait, pas le genre qu'on déteste d'emblée, pas blonde, pas pouffe, une fille petite et jolie, les cheveux courts, dans un costume blanc très cintré, très élégant, très inattendu. Souriante mais discrète, pour le moment elle danse, une cigarette à la commissure des lèvres, un verre d'alcool blanc, elle en renverse la moitié mais c'est du lino, elle danse un peu comme moi, dans tous les sens, désordonnée mais en fait cohérente, de la joie et de l'application, du genre danser est ce que je fais de mieux, danser est une activité sérieuse et très estimable. Elle apprendra que cette fille pour qui il l'a quittée est un monstre de radicalité, une militante qui colle des affiches la nuit, qui lit scrupuleusement tous les journaux tous les jours, une fille qui a couché avec tous les garçons et avec toutes les filles, une fille qui n'a jamais fait de scène à un homme, qui n'a jamais connu la fatigue, la jalousie, les compromis, qui n'a aucune plainte à pousser. Il l'a quittée pour une fille qui aurait pu être elle, aboutie, farouche, le volume à fond ; une fille qui n'a pas besoin d'être rassurée, consolée ou même calmée, une fille qui n'a pas besoin de tendresse, une fille qui a une très haute idée de l'amour, l'idée d'un sentiment qui ne tolère aucun silence, aucune faute de goût, aucun arrangement, une fille qui a lu Marx et Raymond Aron, et Tocqueville, qui a écouté Liquid Liquid, The Bloods et Theoretical Girls, qui nage le papillon, qui tire à la carabine dans les fêtes foraines et qui gagne toujours le gros lot, une fille qui boit comme un trou, qui fume comme un pompier, une fille qui n'obéit à personne, une fille qui se jette contre les murs pour honorer un pari, une fille jamais malade, une fille qui tient la batterie dans un groupe de punk, une fille pleine d'égratignures, de bleus, de bosses, une fille qui chante dans la rue, une fille qui toise les CRS, une fille joyeuse, une fille qui ne dort pas, qui ne se tait pas, une fille qui mange de la choucroute, une fille de rêve, une fille si belle que les hommes se retournent.

Il faut lui parler, ce qu'elle a dans le ventre, s'assurer qu'il l'a quittée pour les bonnes raisons, comprendre tout à fait, refermer le dossier. Elle se présente sur la piste de danse, elles y resteront pour parler, chacune une cigarette, chacune un verre, armes réglementaires. Tout a commencé avec moi, tu as pris la suite, je te raconte, comment on s'est connus, ce qu'on a mis en place, virilité partagée, politique du couple, puis il m'a quittée, tu as donc quelque chose de mieux à proposer, une autre pratique, un autre programme, à moins que tu ne sois la fille aux petits soins qui va s'occuper du pépère et être bien sage. La fille en costume blanc a quelque chose à répondre, elle s'appelle Marion, elle n'est pas au courant. On la somme de s'expliquer, d'exposer ses intentions pour le couple, elle le fera avec une courtoisie si charmante qu'on aura envie de l'embrasser, je regardais sa bouche pendant qu'elle parlait, je l'avisais plutôt, et j'avais envie de l'embrasser, de manière désintéressée, pas du tout par aigreur, défi ou provocation ; juste envie. Quand elle aura fini de parler je l'embrasserai, elle pensera que je suis une vicieuse, ou une allumeuse, ou rien. Se détacher de sa bouche et l'écouter. Je peux t'en dire des choses, te dire que le couple d'accord c'est de la politique, mais c'est aussi de la justice, de la jurisprudence plutôt, évaluer chaque situation, est-elle équitable ? favorable ? Va-t-elle dans le sens de la vie ? Par exemple, l'autre est jaloux, ce n'est pas équitable, nous devons donc prendre ensemble les mesures qui s'imposent pour rétablir l'équilibre : éloignement, abandon temporaire, surtout pas rassurer, ni se moquer. Tu dis que le couple est une aire de repos, une zone franche, un sas de décompression, et là on n'est pas du tout d'accord, le couple ne peut pas être le lieu du relâchement, un truc pour ouvrir les vannes et laisser couler. Il exige au contraire beaucoup de tenue, il est l'occasion rêvée pour se montrer prodigieuse et sublime. Afin de préserver le sentiment autant que le désir on se gardera des plaintes, des bobos, des états d'âme ; on ne demandera jamais de comptes à son partenaire, savoir ce qu'il a fait, qui il a vu ; on interdira les silences, jamais de connivence, qui ne font que révéler les platitudes de notre intimité et nous font croire que l'amour va de soi ; on proscrira les repas pris en commun, on n'est pas beau quand on mange, les soins physiques en commun, chacun chez soi, on a beau être en couple on n'a jamais gardé ni vaches ni cochons ensemble ; l'intimité ce n'est pas les corps relâchés, abandonnés, mais c'est les corps conquérants, forts, en pleine santé, l'intimité doit être vécue sous les attendus du public, toujours faire comme si le regard de la collectivité, de la rue, de l'opinion ne nous lâchait jamais. On veillera à ce que les rencontres amoureuses soient brèves pour ne pas en épuiser l'objet, on les préparera, préparation physique et intellectuelle, on luttera contre son désir avant de s'y abandonner pleinement. L'essentiel c'est de se présenter devant l'autre en grande forme, d'éviter les temps morts, d'œuvrer pour la plénitude ; si tu veux la plénitude des sentiments, ou la plénitude sexuelle, ou les deux, tu dois d'abord en passer par une plénitude pragmatique, concrète, au quotidien, il s'agit de remplir le temps de nos rencontres, de se parler sans cesse, pas des broutilles anecdotiques ou circonstancielles mais des mots qui vont changer ta vie, il faut marcher, voyager, traverser l'espace, le saturer ; avoir toujours quelque chose à faire, quelque chose à dire, ce ne sont pas des vacances, de la détente existentielle, c'est l'évaluation permanente de notre capacité à aimer sans passions tristes, sans calcul, sans attachement, à aimer sans risquer le désamour, c'est la mesure de ta noblesse, c'est ce qui te demande le plus d'efforts, si tu flanches, si tu pleurniches, si tu viens polluer ton amour avec des problèmes personnels, si tu ne veux pas être Jean-Paul Sartre et Simone de Beauvoir, t'es comme une bête.

Tu ne tires pas un peu trop sur la corde ? Si le couple ne repose pas, tu te reposes où alors ?

Je ne me repose jamais nulle part, je n'en ressens pas le besoin.

C'est parce que tu es jeune.

Et sans doute je mourrai jeune à force de ne pas me reposer.

À t'écouter on se demande si tu es fasciste ou romantique.

Plutôt autoritaire et indépendante. Je suis absolument indépendante de mon couple, et mon couple est absolument indépendant du reste du monde, de mes amis, de ma famille.

Tu as déjà pleuré ?

Mais oui, tu ne comprends rien.

Toujours la même histoire, le nœud du problème c'est la fatigue, avoir ou non une bonne constitution, aimer dans la dignité c'est aussi une question de corps. Une faiblesse, un abattement passager, hypocondre, malingre, fragile, ton corps te lâche en plein couple, tu es misérable, malade, éreinté, tu voudrais un peu de réconfort, ça va passer, ça va aller mieux. Tu ne veux pas laisser une chance aux faibles ?

Je ne crois pas.

Est-ce que j'ai encore envie de l'embrasser, un désir sincère ? Oui, pour le geste, la beauté du geste, c'est de bonne guerre, je ne suis pas rancunière ; je suis une fille bien.

On s'embrasse ?

J'aimerais mieux pas mais je ne peux pas te le refuser.

Sans les mains, un baiser léger sur la piste de danse, on en restera là, cette fille est trop dure.

Elle part, si triste d'un amour mort, d'un amour qu'on avait pourtant jugé à la hauteur ; elle rentre chez elle, impatiente de ce qui va maintenant arriver, elle court sur le boulevard de Belleville, abandonnée et invincible, avec le désir de chanter ; quand elle court sur le boulevard de Belleville c'est toujours Renaud qui lui vient à l'esprit, cette fois elle chante à tue-tête, « *elle était socialiste, protestante et féministe, un peu chiante et un peu triste, institutrice* », ça fait du bien aux filles nées dans les années soixante-dix. Elle pourrait aller au karaoké, ou appeler une radio qui passe du rock, ou même de la chanson française engagée, et passer sa *dédicace*, la chanson de Renaud, « Socialiste », sur l'album *Putain de camion*, 1988, pour les garçons, pour les couples modernes ; alors, on vous écoute mademoiselle, c'est quoi votre dédicace ? Ma dédicace c'est merci à l'amour d'une part, et merci à ceux qui m'ont transformée.

DU MÊME AUTEUR

Aux Éditions Gallimard

BOYS, BOYS, BOYS, 2005 (Folio n° 4571).

DU BRUIT, 2007.

Composition Imprimerie Floch.
Impression Maury-Imprimeur
45330 Malesherbes
le 23 février 2010.
Dépôt légal : février 2010.
1er dépôt légal dans la collection : mai 2007.
Numéro d'imprimeur : 153924.

ISBN 978-2-07-034634-9. / Imprimé en France.

175805